QINGSHU LI
DE WENXUE SHI

赵瑜作品

情书里的文学史

赵 瑜 ◎ 著

时代出版传媒股份有限公司
安徽文艺出版社

赵瑜，1976年生，河南兰考人，中国作家协会会员。现为河南省文学院专业作家。已出版长篇小说《六十七个词》《女导游》等六部，散文随笔集《小忧伤》《小闲事：恋爱中的鲁迅》等六部。其中《小闲事：恋爱中的鲁迅》一书被中央电视台《子午书简》栏目分五期专题推荐，并入选当当网2009年度文学类畅销书榜单。另有作品获得在场主义散文奖、杜甫文学奖等奖项。

QINGSHU LI
DE WENXUE SHI

赵瑜作品

赵　瑜◎著

情书里
的文学史

时代出版传媒股份有限公司
安徽文艺出版社

[自 序]

自 序

阅读是一场思想上的外遇

接受采访,常常会被问及我的文学启蒙书目。想了想,觉得辛酸,我童年时生活在一个偏远的平原村庄,文学的启蒙基本上是邻居吵架及狗和羊的叫声,哪有纸质的东西啊。但我还是忍住了,说出了两三个,比如《水浒传》,又比如说《杨家将》。

其实,幼年的时候,我的文学启蒙多是听评书,记得我每天守着收音机听单田芳的《三国演义》。也读书的,记得家里有一本被翻破了的《水浒传》和一本没有目录的《杨家将》。我喜欢看,章回体小说的特点是,两个人比武,到了最为关键的时候,停了下来,且听下回分解。我急急地翻到下一章,原来我所关心的男主人公并没有死,便放下心来,慢慢地看。

一个人的阅读一定是从故事开始的,因为这是人喜欢猎奇的本性,关心故事的走向是因为我们所知道的东西太少,对故事无法预测。等到了一定年龄,回过头来,再看这种故弄玄虚的断章,会觉得自己幼稚了。而这个时候,我们阅读关心的重点不再是个体命运的变化,而是他的变化是不是符合他所处的时代的生活逻辑。是的,我们渐渐开始挑剔着阅读。

阅读一定会打开我们的生活空间,让我们由一个单纯认知的人,变成复数的人。

有一年我读鲁迅的日记。读得多了,觉得和鲁迅是个非常要好的朋友。无聊的时候,会看看他在日记里吃了什么了。一看,觉得欢喜,也照着他的菜谱,跑到街上找个接近的饭馆吃一顿。心满意足之后,继续看他又和什么人吵架了。

终于看到了鲁迅先生的恋爱,心一动,又回到了我童年时的状态,有了好奇心或者说是窥视欲。恋爱中的鲁迅原来这么有趣。在日记和书信里,鲁迅穿着睡衣写情书的样子打动了我。我觉得,是因为阅读,我才找到了这样一个有趣的鲁迅。

我写了这个可爱的鲁迅。在我的作品中,我和鲁迅先生一起聊了不少内容。

是的,隔着时空,隔着语言的障碍,他要说的话,都在他的书信和日记里,而我要说的话,自然都在我的书写里。

阅读的确是一场深入的交谈,在过去相当长时间里,我和张爱玲女士交谈过,和钱锺书先生交谈过,和沈从文先生交谈过……当然,因为写散文、小说的缘故,我和我身边的万事万物都有过愉快的交谈。

[自 序]

  阅读不只是和文字交谈,也可以是和一条河、一座古镇、一首曲子,来细细对谈。阅读让我们的世界变得更加丰富。读鲁迅和沈从文的情书,我仿佛也沉浸在那样美好的情感里,我的内心柔软极了,在那文字的糖分里,我仿佛也"外遇"了一场。

  因为阅读,我的视野慢慢打开,不再是当初急切辩解的我,我开始能接受误解、忽视,并回以淡淡一笑。我渐渐喜欢上更加分裂的自己。我既有原来的我的模样,又变得陌生。我更改了自己的认知,否定了之前曾经喜欢的书籍和观点。我变成了一个复杂多元的我。

  阅读驳杂,是我这些年的阅读现状。读书和饮食一样,虽然有所偏好,但必然会不停地变换口味。于是,在阅读中,我会厌倦几册多年前喜欢过的书籍,会将这些书打包放在书架的里面。我也会不经意地发现一册以前并未重视的书,重新翻看,才懂了其中的滋味。这种多年以后和一本书的重逢,我觉得像极了一场艳遇。以前的错过,如今成为回忆。而现在开始相处的时间,才是热烈的开始。

  每一个认真阅读的人,都像是往自己的记忆银行里储存常识和见解。读多了,自然会有意外的利息分配。

  但是,也有人将阅读当作投机,不停地遇见行情不好的股票,最后血本无归,成为一个读书多年,却一无所获的人。这也是有可能的。

  读对的书,如同遇到对的人。每一次将一本书的页码折叠,都像是和一个心仪的女人约好时间见面一样,接下来,即使是出远门,也会惦念着那书里的内容。

著名作家翁贝托·艾柯在自己的一篇谈阅读的随笔里说,看一本坏书,如同和一个人上床后再也不想有第二次。虽然赤裸,却说到了外遇的实质。

的确,年纪渐长,阅读图书的时间相对减少,我们每一个人都活在生存的空间里,精神生活上的阅读真是一场超越日常生活的恋爱。我喜欢这样的恋爱方式,每一次在一本书上画线、涂鸦,我都能明确地感觉到,我的恋爱成功了。

这本《情书里的文学史》,是我阅读的闲笔,是和书中的人物交谈过后的一些随手的记录。我相信,这些文字里有很多荷尔蒙和花朵的气息。而所有这些美好的东西,都会扩大你的认知,让你变成一个更加复杂的自己、更加宽容的自己。

是以为序。

第一辑　疯狂的一九二六

——情书里的文学史

[第一辑　疯狂的一九二六]

之一：你的，欢畅了的摩摩
——一九二六年的徐志摩和陆小曼

3月的天气，乍暖还寒，风更像那只握别的纤手，微凉，带着时间的香气。时间在风里显得凝滞、冻结，甚是缓慢。虽然刚刚已在站台上告别，火车一发动，徐志摩便开始想念陆小曼。靠回忆维持着笑脸。想写信，找不到信笺。同车的一位丁姓的朋友帮他找来纸，他便开始给陆小曼写信。

这一天，是1925年3月11日。这个日子有些特别，故意要说出来，是因为，这一天，有一个叫作许广平的北京女师大的学生，向著名的作家、她的写作课老师鲁迅先生写了第一封情书。

这一天的确适合恋爱，徐志摩在借的信纸上表达他的心情，和上次离开祖国时相比，他是欢乐的，上次的情形不大好："我倒想起去年五月间那晚，我离京向西时的情景，那时更凄怆些，简直的悲，我站在车尾巴上,大半个黄澄澄的月亮在东南角上升起,车轮咯地咯地响着,W 还大声地叫'徐志摩哭了'。"是真的,他在信里坦承了,他流泪了。可是这一次不同,这一次,他的内心里有一个温暖的地址,是一个叫作陆小曼的女人的怀抱,所以一切便不同了。他的解释是这样的:"但今夜可不同,上次是向西,向西是追落日,你碰破了脑袋都追不着,今晚是向东,向东是迎朝日,只要你认定方向,伸着手膀迎上去,迟早一轮旭红的朝日会拥入你的怀中的。这一有希望,心头就痛快,暂时的小悱恻也就上口有味。半酸不甜的,生滋滋得像是啃大鲜果,有味!"

在中国的阅读史中,"徐志摩"这个名字的前面差不多总要带着多情。是的,一个多情的徐志摩大于学术的徐志摩。尽管他留学欧洲,并在国内的北京大学、清华大学均担任过教授,但是,他留在文学史上的著作过于轻盈,比起他浓墨而骇俗的恋爱史来说,比起他在文学世界里的交际和追星史来说,他的作品实在是太羽毛了,就像他自己的诗句一般,光滑、轻浅和湿润。

徐志摩的浪漫史被许多传记作者挖掘得立体又透明,他追逐林徽因未得而终致离婚,他追求陆小曼而又终致陆小曼离婚。

关于他的"用情不专",此评价来自他的授业恩师梁启超。1926 年农历的七夕,这天,梁启超拖着病体,来给他证婚,他的证婚词流传颇广:"志摩、小曼皆为过来人,希望勿再做过来人。徐志摩!你这个人性情浮躁,所以在学问方面没有成就,你这个人用情不专,以致离婚再娶……陆小曼!你要认真做人,你要尽妇道之职。你今后不可以妨害徐志摩的事业……你们两人都是过来人,离过婚又重新结婚,都是用情不专。以后要痛自悔悟,重新做人!愿你们这是最后一次结婚!"

梁启超在20世纪20年代的影响,差不多相当于今天的季羡林,又或者更有影响的文化名流。有一个在坊间流传的笑话颇值得一说。梁启超的文字从来感情充沛,很有煽动力,他的政论文字每一篇都能惊风带雨。1921年,一个奥地利提琴大师来京演出,梁启超大约是听了以后感觉颇好,便写了一篇吹捧文字在《晨报》发表,但他的文字大概过于犀利,他说:"如果不前去东城真光电影院聆听这位音乐家演奏,便是没有文化水平的野蛮人!"他的这篇文字见报之后,竟然像一场洪水流于北京各大院校,演奏厅里开始人满为患,票价一路攀升,直至找关系走后门,才能购到一张高价票。于是,北京的当铺生意都好起来了,一些家境不好的学子为了能亲耳听到这场演出,纷纷典当衣物去买票。据说,这篇文章还影响到当时民国政府的总统黎元洪。黎元洪自然也不愿意当"野蛮人",如何证明自己不是呢?只好在演奏厅包了一厢,携带妻妾眷属,前往捧场。之后,还要觉得演奏得非常好,自己是感动了的,并向西洋音乐家赠送鲜花大提篮。

所以,梁启超的这番证婚词在坊间引起了轩然大波,几乎所有的小报都津津于这一段趣事。徐志摩更是因为这一场婚事而走进中国普通民众的视野。

徐志摩和陆小曼的恋爱并不容易。第一次见陆小曼,徐志摩正处于失恋中。他和胡适以及刘海粟三个人一起去拜访在京城颇有名气的"王太太"。当时的陆小曼已婚,然而丈夫王赓却远在哈尔滨任警察厅长。尽管徐志摩也知道,陆小曼和王赓没有任何共同语言,但是,此事传扬出去,毕竟也是一件不光彩的事情。王赓信任徐志摩,将自己的妻室介绍与徐志摩,不过是想让她的文艺爱好能找到一个合适的出口。无论如何,王赓没有想过,这一信任,却将一个生性多情的陆小曼拱手让与了徐志摩。

徐志摩与陆小曼的恋爱,虽然热烈,却像一个病句一般,并不通顺。首先是身份的不自由。陆小曼每一次与徐志摩通信,必须要用英文写信。这且不说,徐志摩为了证明与陆小曼是正常的朋友交往,不得不贿赂王府的门房,据说每一次五百元。其次是陆小曼天真地想让徐志摩和王赓的朋友关系不破裂,她想象着自己和王赓离婚,而后再和徐志摩结婚。她不想让丈夫王赓知道,自己是因为喜欢徐志摩才和他离婚的。

然而这样的愿望在当时热恋中的徐志摩和陆小曼来说实在是太难实现了。两个人的恋爱很快便惹得满城风雨。

指责徐志摩和陆小曼的话语也来自各个角落,正是在这样一个情况下,徐志摩收到了泰戈尔的秘书恩厚之的来信,说是泰戈尔在欧洲,生病了,念起徐志摩,想邀请他去欧洲玩。

徐志摩的个人史无比辉煌，这得益于他的家世。然而，他初进入国内文坛的时候，常常遭遇尴尬，譬如他和郭沫若的矛盾。他既想忠于自己的审美批评了郭沫若的一首诗，但此前又想融入文坛，给创造社成仿吾写信拍郭沫若的马屁。如此前后矛盾，让他尝尽了苦头。然而，泰戈尔来华访问，他担任翻译一职，并在泰戈尔走后马上出版了畅销书《泰戈尔在华谈话集》。泰戈尔在华期间过了他六十四岁的生日，生日派对很是热烈，胡适主持。梁启超给泰戈尔起了一个中国名字，叫作"竺震旦"，徐志摩想得周到，立即差人刻了一个大大的印章，送与泰戈尔纪念。为了助兴，在生日派对上，林徽因、张歆海（张幼仪的哥哥）、徐志摩三人还演出了泰戈尔的剧作《齐特拉》。

泰戈尔的名字在中国广泛宣传的同时，徐志摩便走到了中国文坛的前台。

正是在这一年，徐志摩结识了陆小曼。画家刘海粟在回忆第一次见到陆小曼时曾经说过徐志摩的情况："徐志摩接着就赶来了。但是奇怪，他微笑着和小曼打了招呼，却不说话。席间，他总是用眼神而不用嘴巴。我想，豪饮且健谈的志摩，怎么今天拙于言辞了？被王太太的睿智和辩才所折服了？"

徐志摩和陆小曼的丈夫王赓均是梁启超的学生，所以一向交情不错。王赓和徐志摩一样，也有着不同凡人的辉煌家世，在任哈尔滨警察厅长之前，他毕业于美国西点军校，是美国名将艾森豪威尔的同学。在1918年巴黎和会上，他随顾维钧前往，是派往会议上的中国武官。

王赓很快便听说了徐、陆的情事,他开始派人管束陆小曼的行踪。再加上社会旧式道德的指责,徐志摩想见陆小曼很难。这迫使徐志摩不得不离开中国到欧洲暂避风头。尽管刘海粟在回忆里替徐志摩辩护,说徐志摩想借着到欧洲的旅行冷静一下,趁机剪断情丝,但事实并非如此。

事实上是,徐志摩借看望泰戈尔的机会,想让陆小曼仔细整理他们的感情,并提出和王赓离婚。

从存世的《爱眉小札》和《爱眉书简》这些文字便可知这些。

两个人的恋爱,正像郁达夫回忆中所说的:"志摩和小曼的一段浓情,若在进步的社会里,有理解的社会里,这一种事情,岂不是千古的美谈?忠厚柔艳如小曼,热烈诚挚若志摩,遇合在一道,自然要发放火花,烧成一片了,哪里还管得到纲常伦教?更哪里还顾得到宗法家风?当这事情正在北京的交际社会里成话柄的时候,自己就佩服志摩的纯真和小曼的勇敢,到了无以复加。"然而不论郁达夫如何佩服,徐志摩和陆小曼的恋爱在现实的世界里还是受到了影响。感情虽然不能用一把锁锁住,但是,陆小曼毕竟是自己朋友的妻子。

临离开时,徐志摩要先辞掉北京大学的教授,要打点行囊,要整理太多舍不得的情愫。还有十几个小时就要分别的时候,徐志摩给陆小曼写了一封长长的情书,那信里的糖分太多了,有些浓得化不开。他甚至想到了死,想和心爱的女人一起去死。

每一次读到徐志摩的这封信,我都相信,他是真的喜欢上了陆小曼,因为只是单纯发誓,却不必每一次都要死要活的。且看他发的誓言:"真的,龙龙,你已经激动了我的痴情。我说出来你不要怕,我有时真想拉你一同寻死去,去到绝对的寂灭里去实现完全的爱,去到普通的黑暗里去寻求唯一的光明——咳,今晚要是你有一杯毒药在近旁,此时你我竟许早已在极乐世界了……龙龙,你不是已经答应做我永久的同伴了吗?我再不能放松你,我的心肝,你是我的,你是我这一辈子唯一的成就,你是我的生命,我的诗;你完全是我的,一个个细胞都是我的——你要说半个'不'字叫天雷打死我完事。"

这是 1925 年 3 月 10 日凌晨 3 点钟徐志摩写的信件,草草地浅睡了几个小时,起来,第一件事情,不是去洗漱,而是将昨天的信件先看一遍,然后又写了一大段相思。

这次出国的路线大体是这样的:他从北京出发,经沈阳、哈尔滨,然后到苏联的西伯利亚和莫斯科。在苏联,徐志摩去契诃夫的陵墓凭吊,瞻仰了列宁遗容,还拜访了托尔斯泰的女儿。然而,刚到苏联不久,便接到由德国发来的电报,他和张幼仪的次子徐德生在柏林病死,他不得不匆忙地赶到柏林处理丧事,安慰张幼仪。4月,他离开德国抵法国。在法国,他先后到波特莱尔、小仲马、伏尔泰、卢梭、曼殊斐尔的陵墓致哀。这时,他获悉泰戈尔已经返回了印度,遂离开法国,绕道伦敦抵达意大利。其间,他写下了著名的

《翡冷翠的一夜》。7月，他在英国见到了著名小说家哈代。正当他联系泰戈尔准备前去见面的时候，接到了陆小曼病重的电报。原来，因为和徐志摩的恋情，陆小曼和家人闹翻。陆小曼只好催徐志摩回国，来治疗她的寂寞。

这年8月，徐志摩带着陆小曼共同出游，每天写日记给陆小曼看，那便是著名的《爱眉小札》，一共写了一个多月的时间。在日记里，他又一次写到了死。1925年8月11日，徐志摩写道："眉，我怕，我真怕世界与我们是不能并立的，不是我们把他们打毁成全我们的话，就是他们打毁我们，逼迫我们的死。眉，我悲极了，我胸口隐隐地生痛，我双眼盈盈的热泪，我就要你，我此时要你，我偏不能有你，哦，这难受——恋爱是痛苦，是的眉，再也没有疑义。眉，我恨不得立刻与你死去，因为只有死可以给我们想望的清静，相互的永远占有。"

之后，两人相约私奔，并且选定好了私奔的地点，大连。然而陆小曼后来决心消散，徐志摩追陆小曼到了上海，并相约在杭州见面，陆小曼仍然失约。

徐志摩很是悲伤，但仍然不愿意放弃。陆小曼家里是陆小曼父母亲不同意陆小曼离婚，而他的这边，虽然瞒着父母亲和张幼仪办理了离婚手续，但是徐父一直对懂事的张幼仪视如己出，对徐志摩说，如果张幼仪不当着他们的面亲口说出愿意和他离婚，那么，徐父是坚决不会同意他和陆小曼的恋爱的。

万般无奈的情况下,徐志摩想到了刘海粟。刘海粟虽然年轻,但当时在画界颇有名望,又是陆小曼的老师。最重要的是,刘海粟也是为了婚姻自由逃过一次婚的。

刘海粟被徐志摩的热烈感动。徐志摩在爱恋的时候,并不为自己着想,而全为着陆小曼着想,他对刘海粟说:"这样下去,小曼是要愁坏的,她太苦了,身体也会垮的。"

刘海粟在回忆文字里这样写道:"小曼母亲听完我的叙述,叹息道:'我们何尝不知道?可是因为我们夫妇都喜欢王赓,才把亲事定下来的。我们对志摩印象也不坏,只是人言可畏啊!'我就提出许多因婚姻不自愿而酿出的悲剧,并且希望长辈要为儿女真正的幸福而做出果断的抉择。老太太是有学问的人,她答应说服王赓。我们就商定,我陪她母女去上海,由她出面找王赓,我再出马。当时王赓正好在沪出公差。当我决定陪小曼母女去上海时,志摩高兴得像个孩子,他把希望都寄托在我身上。"

不得不说,徐志摩在恋爱时的真诚感染了所有的人,连张幼仪的哥哥张君劢也帮着前后张罗。这样,在刘海粟等人的劝说下,王赓同意和陆小曼离婚,成全她和徐志摩。

然而,徐志摩的父亲依旧不同意,拍了电报,要张幼仪从德国赶回来,非要张幼仪当面同意。

时间到了1926年的春节,这真是一个令人激动的年月,这一年里,蔡元培新婚,鲁迅和许广平正在热恋,徐志摩和陆小曼经历了一系列的波折,终于走到了一起。

1926年2月4日,徐志摩将《晨报》副刊的工作交代给接替他工作的江绍原,将元月份和鲁迅的争吵打包扔在旧报纸堆里,哼着泰戈尔的戏剧台词回家了。是的,他要回老家过年,要听从父亲的安排,看看父亲是如何分配家产的。他下定了决心,一定要将陆小曼娶到手。

坐了一天的车和船,他却一点儿也不累,到了天津张伯苓家,第一件事情便是要纸和笔,给陆小曼写信。张伯苓问,给谁写信呢?徐志摩答,给不相干的人。旁边的张伯苓的弟弟知道徐志摩的情事,笑着打趣他,说,是顶相干的人吧!

那信写得柔软,最后一句可以摘出来当作贺年片上的情话:眉眉,给你一把顶香顶醉人的梅花。

然而从天津到上海的船却不好坐,在陆小曼后来编辑出版的《爱眉小札》中,有一封著名的信件便写于船上,那是从张伯苓家出来的那天,1926年2月7日。上船以后,徐志摩才发现,春运时期,来往的人可真是多啊!挑着活物在甲板上寻地方的,把孩子裹在怀里喂奶的,还有拿着一帖膏药骗人的江湖奇人。总之,船上到处都是人,就连平时储物的客间都挤满了人。

徐志摩就趴在船壁上,铺开一张纸来写情话,来往的人路过他,他便要让一下路,那情形十分好玩。信是这样写的:"眉眉,上船了,挤得不堪,站的地方都没有,别说坐。这时候写字也得拿纸贴着板壁写,真要命。票价临时飞涨,上了船,还得敲了十二块钱的竹杠去。"

到了上海以后,徐志摩收到了张幼仪的电报,说要从北京过来,和他细谈。这一天,他很高兴,给陆小曼写信,建议她多呼吸新鲜的空气,多晒晒阳光,让内心活泼起来。徐志摩和自己的母亲聊天,说起他和陆小曼的恋爱,是要海枯石烂的,而且并不是夸张,是非君不娶非君不嫁的。母亲也让了步,初步同意他们的婚事。

徐志摩兴奋得厉害,在信里说:"我这里事情总算是有结果的。成见的力量真是不小,但我总想凭至情至性的力量去打开它,哪怕它铁山般的牢硬。今午与我妈谈,极有进步,现在得等北京人到后,方有明白结果。"

这里的"北京人",是指张幼仪。

然而,张幼仪却迟迟没有音信,张幼仪不能来,徐志摩便不能离开上海,要等着她来。实在是无聊,便陪着几个朋友打牌。心不在焉,有一刻钟的工夫,他也要给陆小曼写信:"下午几个内地朋友拉住了打牌,直到此刻,已经更深,人也不舒服,老是这样要呕心的。心想着的只看着的一个倩影,慰我孤独。"

这一天真是心无旁骛,所有的内心碎片都被风吹向了北京的陆小曼那里,才下眉头,又上心头。

一开始,也答应了江绍原要写几篇旅途见闻的,可是,见不到陆小曼,徐志摩便写不出文字。旧信捆在一起,随身带着。趁着休息的时候,翻检出来,用红色的笔圈点着看。看到一个美好的句子,关于两个人的未来的,便也甜蜜地笑着。甚至还翻起身来,找到信笺,给陆小曼回信。有一件事情,是不能掩饰的,就是上午的时候,徐志摩被一个橱窗里的礼服吸引了,进去问,衣料店里的布价高得惊人,徐志摩将口袋里的钱全掏出来,勉强够。

那衣服是艳丽的红,十分喜气。他在信里炫耀说:"眉眉,你猜我替你买了些什么衣料?就不说新娘穿的,至少也得定亲之类用才合适,才配你,你看了准喜欢,只是小宝贝,你把摩摩的口袋都掏空了,怎么好!"

为了恋爱中的女人,掏空了口袋,就像是掏空了一袋糖果一样,虽然是空了,但一想起那糖果,仍然是甜的。

或者是因了提前购买的那件喜庆的订婚布料,现实中的事情也有了喜庆的材质。

徐志摩的父亲徐申如看见徐志摩海枯石烂的决心,算是看破了他,决定同意他和陆小曼的婚事。财产也分好了。大致是这样的:徐志摩父母自己留一份,给张幼仪和徐志摩之子留一份,给徐志摩一份。张幼仪没有嫁人之前,便被徐父母亲收作干女儿;如果嫁人,那么财产中取出一部分当作嫁礼,剩余的便归徐志摩的儿子欢儿所有。

徐父最后声明,陆小曼和王赓的离婚,以及徐志摩和张幼仪的离婚,必须要登报说明,这样的话,才能名正言顺地结婚。

说完这些，徐申如却以天气太热为由，让徐志摩秋天再办结婚仪式。徐志摩哪受得了如此煎熬，马上抗议说，他夏天的时候就想去北京避暑，他要和陆小曼同行，没有名分，也不合适在一起。

于是，徐父同意他们先订婚，有了未婚夫妻的名分，便可以一同出行了。

媒人自然是请了胡适之的。

徐志摩这天的信件的署名异常欢喜：你的欢畅了的摩摩。是啊，再也没有比坐在一棵树下面等着果实成熟的心情更甜美了。彼时的徐志摩就是在那棵树下等着石榴成熟的孩子，一天一天地仰望着，终于看到那大大的石榴咧开了嘴，露出了晶莹的珍珠的甜美，毫无疑问，徐志摩整个人都飘起来了，他想起云彩、水草等一系列柔软的词语。

他在信里几乎是大叫了："眉，所以你我的好事，到今天才算磨出了头，我好不快活。今天与昨天心绪大大不同了。我恨不得立刻回京向你求婚，你说多有趣。"

徐父同意了，他自然觉得身上的一股绳索被一把时间的钥匙解开了，除了欢畅，还是欢畅，是特别欢畅。

他想马上就到北京，他想飞翔，在陆小曼的眉毛里、眼眸里，甚至在轻声细语里飞翔。徐父却要多留他几天，但他实在是等不及了，知道只有让胡适给他发电报的办法，父亲才放他走，徐志摩便在给陆小曼的信里说："我急想回京，但爸还想留住我。你赶快叫适之来电,要我赶他动身前去津见面,那爸也许放我早走。"

在上海,陪着父母亲走亲访友,好不容易见胡适一面,便在胡适的书房里给陆小曼写信,写什么呢?喜悦,还有浓得化不开的思念,他写了几句诗:

> 我心头平添了一块肉
> 这辈子算有了归宿
> 看白云在天际飞
> 听雀儿在枝上啼
> 忍不住感恩的热泪
> 再不想望更高远的天国

写完了,觉得还不够疯,最起码甜蜜的浓度不够,那就继续写下去:"眉眉,这怎好?我有你什么都不要了。文章、事业、荣耀,我都不要了。诗、美术、哲学,我都想丢了。有你,我什么都有了。抱住你,就好比抱住整个的宇宙,还有什么缺陷,还有什么想望的余地?你说这是有志气还是没志气?你我不知道,娘听了,一定骂。别告诉她,要不然她许不要这没出息的女婿了。"

在书信里说情话,我以为,在中国现代史上,徐志摩排名是第一的,那么多才子佳人,谁也比不了徐兄志摩会撒娇。沈从文的情书一开始只不过是哀求,鲁迅的情书更是开始的庄重,像是导师。

胡兰成是一个会恋爱的人，但是，他更多地表现在口头语言上，现存的书信里倒是没有见到。

徐志摩是一个喜欢在书信里积攒甜蜜词语的人，因为，他同样需要这些词语的回报来填充自己。张幼仪的船迟迟不能来，他便被思念绑架在上海。也吃了一些饭，可是他心不在焉，不知道自己是如何应对那些旧时友人的。江绍原的约稿更是被他彻底扔掉了，原因是心被陆小曼占据了，如果内心是一张宣纸的话，那么，展开来，一定全是陆小曼的名字，又或者是她的轻声细语和曼妙微笑，徐志摩在信里说："我真恨不得一把拖了你往山里躲一躲，什么人事都不问，单只你我两人细细地消受甜蜜的时刻。"

2月25日，徐志摩终于知道了张幼仪抵达上海的确切日期，要一周后才能到。这样的话，徐志摩便又要再等一周或者更长的时间，寂寞被拖长了，像夜里街道上的被路灯拉长的影子，有些幽暗，又有些模糊，实在是不大好受。

没有事，便重复地看陆小曼回复的信件，因为信笺纸是蓝色的，徐志摩便称之蓝信。徐志摩给信编号码，在信里挑选他最喜欢的字词。

看到陆小曼说走路走得很累，便想到她的那双纤足，心里一时冲动，他跑到大街上，给陆小曼买鞋子。在上海的购物街，他看中了一款从外国进口来的鞋。一问价格，差点要逃跑掉。想起陆小曼曾经在信里说她最喜欢缎绣的鞋子，可是，任徐志摩努力寻找，在上海寻不到陆小曼所要的样式，便只好咬咬牙，买了那双昂贵的鞋子。

买了以后,内心欢喜着,藏不住那份欢喜,便写在书信里:"今天我又替你买了一双我自以为极得意的鞋,你一定欢喜,北京一定买不出,是外国做来的,价钱可不小。"

买完鞋子以后,回去查阅陆小曼的信件,发现,陆小曼要他买一些厚的衣料,她要做大衣,徐志摩便又跑到街上购物。这次却不大中意,寻来寻去也找不到合适的。

他便将这些经过也写到书信里,让一个朋友带走。结果这位朋友临时有事情,推迟两天出发,那么,那些温度烫热的情书在时间的冷藏下,慢慢变得凉了,想一下,便觉得心疼。怎么办才好呢?唯有继续发明这些滚烫热烈的词句给陆小曼,让她好不间断地被一种柔软的火苗燃烧。

2月27日这天是元宵节,晚上,在上海的郑振铎邀请徐志摩及一些作家喝酒,徐志摩答应了。但是白天的时间真难打发。

他很想找一个电话打过去,听听陆小曼的声音。但还是觉得书信更容易保存一些,电话虽然可以一下子就能听到对方的声音,可是,正如钱锺书在《围城》里写到的那样,不论如何甜蜜的话语,说过了,却也无法保存下来,反复咀嚼。

徐志摩忽然想起自己看到过的一则趣闻,便讲给陆小曼听。大意是,英国的邮政一开始是分区域的,不同的区域邮费高昂。有一个正在恋爱中的议员,叫作威廉×××的,他住在伦敦,而他爱着的女人住在苏格兰。每一次写了信,他都要走好远的路,到苏格兰的邮政所去投递。要不然,那费用太高了。于是,他只好将好多信一起寄发,然而,这样的信件往往失去了及时阅读的意义。这让他很是难过。他在议会提出了一个议案,建议只要在英国境内,应该所有的信件都是统一的费用,只需要很少的钱便可以寄信。这样的话,寄信的人便会很多,而一旦信件多起来,那些邮递员不用专门为了一封信而奔波,而是可以同时投递很多封信。他的建议立即得到了议会的否定,很多人嘲笑他谈恋爱昏了头,说他疯了。

然而他的建议最后还是被英国政府通过了。

恋爱真是一件值得赞美的事情啊!除了可以培养作家,尤其是诗人,还可以促进国家的邮政事业。这是徐志摩在信里表达的意思。

7月9日这一天,徐志摩像个孩子一样,不停地向爸爸说,要去北京,要去北京,他自己查过的,在信里告诉陆小曼,他说了二十遍。可是父亲不准,一则是家事还没有处理完毕,徐父正在建造一栋新房子;再则是徐志摩的伯父突然患了重病,半身不遂,躺倒在床上。

即便是这样,徐志摩还是正式向父亲提出来,他要和陆小曼结婚,无论如何也要结。

徐父看他像个孩子一样任性执拗,便应了他,先订婚,再结婚。

事情到了这个地步,徐志摩已经乐得疯癫了。他决定自己动手装修他和陆小曼的新房子,他觉得兴奋,在7月17日的书信里报告他的想法:"我等已派定东屋,背连浴室,甚符理想。新屋共安电灯八十六,电料我自去选定,尚不太坏,但系暗线,又已装妥,将来添置不知便否?眉眉爱光,新床左右,尤不可无点缀也。此屋尚费商量,因旧屋前进正挡前门,今想一律拆去,门前五开间,一律作为草地,杂种花木,方可像样。惜我爱卿不在,否则即可相偕着手布置矣,岂不美妙?"

房子装修完了以后,徐志摩还要买床及家具,甚至还要考虑订婚时陆小曼的衣着及戒指。徐志摩在灯下写信,一件一件地算计,像个包工头一样,却是甜美的。

7月的天气很热,徐父不想北上,只想着徐志摩多在家里陪着他。徐志摩写信,满头的汗,连信纸都汗湿了,而且,因为饮食不好,肚子也吃坏了,直在信里抱怨。但是一想到和陆小曼温存的模样,便一切都融化了,统统变成浓得化不开的诗句:"写不过二纸,满身汗已如油,真不得了。这天即便亲吻也嫌太热也!但摩摩深吻眉眉不释。"

怎么样?信写到这个份上,我觉得,用浓得化不开已经不能盛放这热情,只能说,他已经跳进爱情的湖水里,当作了莲花,开放起来了。

查了查皇历,旧历七月七日是一个好日子,而正好,这一天是牛郎织女相会的日子。徐志摩激动地向父亲申请,要在这一天订婚。

徐父没有阻挡住，徐志摩匆忙北上，终于可以享受陆小曼的温存了。8月14日，也就是七夕这天，徐志摩在一百多名友人的祝福声中，和陆小曼订了婚。

天气一天天凉起来了，近10月份的时候，徐志摩向父亲提出要和小曼白头偕老，要举行婚礼。徐父始终认为陆小曼是有夫之妇，却在没有离婚的情况下和徐志摩相好，甚至也知道她在结识徐志摩之前便是北京的交际名媛，所以迟迟不回复。

徐志摩逼得急了，徐父便回了信，说，可以结婚，但有两个条件：一、要由梁启超任证婚人，胡适任介绍人；二、结婚费用要自理。

梁启超自然是不同意为徐志摩证婚的，因为之前他写了两封长信劝徐志摩，不要和张幼仪离婚，但徐志摩不听他的劝告，回信婉拒了他。现在，他不但和张幼仪离了婚，还要和有夫之妇陆小曼结婚，更荒唐的是，陆小曼的前夫王赓也是梁启超的学生。他觉得很难过，自己的两个很优秀的弟子，竟然喜欢上同一个交际花。所以，当徐志摩来求他证婚时，他一口回绝。

万般无奈，徐志摩又求胡适去梁启超家说情，一再地请求，梁启超怕了徐志摩，说，应了你。

但是，1926年10月3日，徐志摩和陆小曼结婚这天，轮到梁启超致辞的时候，梁启超的话让徐志摩无地自容。即使是梁启超自己在事情过后，也觉得自己有些过分了，他在致梁思成和林徽因的家信里，写道："我昨天做了一件极不愿意做之事，去替徐志摩证婚。他的新妇是王受庆（王赓）夫人，与志摩恋爱上，才和受庆离婚,实在是不道德至极。我屡次劝诫志摩而无效,胡适之、张彭春苦苦为他说情,到底以姑息志摩之故,卒徇其请。我在礼堂演说一篇训词,大大教训一番。新人及满堂宾客无不失色,此恐慌是中外古今所未闻之婚礼矣。"在这封信里,梁启超将他在徐志摩和陆小曼婚礼上的证词也抄录了一遍,给梁思成和林徽因看,以警告他们二人互相珍惜对方的感情。

梁启超的这一段话流传广泛,几乎是正史、野史都热爱抄录的段子。那天是孔子的诞日,这大概也是徐志摩故意挑选的,却不料,被梁启超骂得鲜血淋漓:

> 志摩、小曼,你们两个都是过来人,我在这里提一个希望,希望你们万勿再做一次过来人。
> 婚姻是人生的大事,万万不可视作儿戏。
> 现时青年,口口声声标榜爱情,试问,爱情又是何物?
> 这在未婚男女之间犹有可说,而有室之人、有夫之妇,侈谈爱情,便是逾矩了。
> 试问你们为了自身的所谓幸福,弃了前夫前妻,何曾为他们的幸福着想?
> 古圣有言:己所不欲,勿施于人,此话当不属封建思想吧!建筑在他人痛苦之上的幸福,有什么荣耀,有什么光彩?
> 徐志摩,你这个人性情浮躁,所以在学问方面没有成就;你这个人用情不专,以至于离婚再娶。小曼!你要认真做人,

你要尽妇道之职,你今后不可以妨害徐志摩的事业……你们两个人都是过来人,离过婚又重新结婚,都是用情不专。以后要痛自悔悟,重新做人!愿你们这是最后一次结婚!

梁启超的痛骂令徐志摩颜面扫地,他站在梁启超的旁边,脸色苍白着,哀求梁启超不要再说了,他会珍惜陆小曼的。

若论感情,徐志摩的确是认了真的。差不多,他忠于自己的承诺。结婚以后,徐志摩完全沉浸在比翼双飞的幸福中,陆小曼是一个任性且放肆的交际女孩子,徐志摩正是喜欢上她如此与众不同的大方。

看看订婚后两个人相处的曼妙时光吧:徐志摩在陆小曼的桌子上写东西,陆小曼采取不停打击的方式来爱他。要么撕破他的稿纸,要么将墨盂打翻了,将一团墨汁洇到纸上,像绘画作品,兴致若是好了,陆小曼兴许还会在自己打翻的墨汁稿签纸上画一对鸳鸯;又或者偷偷地站在徐志摩的身后,屏住呼吸,突然大声叫徐志摩的名字,让徐志摩一惊,笔下的字便歪斜了;又或者直接咬一下徐志摩的手腕,让徐志摩投降,不写了,陪着她玩;又或者在徐志摩的鼻尖亲昵着,轻声说一声我爱你,便逃跑了。

这种种曼妙的淘气,都是徐志摩爱杀了的,他觉得这些都是诗歌,都是春天里花朵开放时应该有的声音和香气。

然而,婚虽然结了,生活却拮据起来了。因为陆小曼花钱如流水,而徐父根本不给徐志摩任何供给。这年的年底,在欧洲的胡适听说了徐志摩经济的窘迫,给泰戈尔的秘书恩厚之写信,让他求泰戈尔帮助,能不能在经济上给徐志摩一些帮助。

甚至,为了能让陆小曼的开销更流畅一些,徐志摩天南地北地跑动,去上课,去写专栏挣钱养家。直到有一天,他为了赶时间,坐一班邮政飞机,出了事故,飞翔着离开人世。

是啊,他像一片树叶一样,飘落下来。轻轻地走了,没有带走一片云彩。

之二：你收入这样少，够用吗？

——一九二六年，恋爱中的鲁迅先生

01

和徐志摩婚后的拮据相比较，初回到广州的许广平也面临着经济上的困难。她在 1926 年 9 月 23 日这天的信里详细地列举了自己的工作范围："我正式做工和上课，已经一星期零四天了，所觉到的结果是忙，忙……早上八点起就到办事处，或办事，或授课，此外还要查堂，看学生勤惰；五时回来吃晚饭；到七时学生自习，又要查了。训育职务是兼学监、舍监之类（但又有别于教务、舍务处），又须注意学风，宣传党义，与教务及总务俱隶属于校长之下，而如此办法，则唯广东在今年暑假后为然。"

然而，这样的课时和忙碌，却因为是新分配的毕业生，收入却并不高。在10月4日的信里，写到了收入："前两天学校将所收的学费分掉了，新教职员得薪水之三成，我收到五十九元四角。听说国庆日紧前还可多发一点，然而从中减去了公债票、国库券、北伐慰劳捐等等，则所余无几。总之所谓主任也者，名目好听，事情繁，收入少，实在为难，不过学学经验，练练脾气，也是好的。"

在10月7日的信里，许广平又领了新的薪水，她很有些兴奋，连零用钱也没有花一个，忙捉笔向鲁迅汇报："我在此处，校中琐事太多，一点自己的时间都没有，几乎可以说全然卖给它了。其价若干？你猜，今天领到九月份薪水，名目是百八十元之四成五，实得小洋三十七元，此外有短期国库券二十元，须俟十一月廿六方能领取，又公债票十五元，则领款无期，还有学校建筑捐款九元（以薪金比例），女师毕业生演剧为母校筹款，因为是主任，派购入券一张五元，诸如此类，不胜其烦。"

纵使收入这么低，但广州的生活呢，却又流行讲排场、摆阔气，所以，不但过节时要封些个红包，还要在服饰上不能过于落伍，毕竟，许广平也已经毕业了，为人师表。

所有这些，都在给鲁迅的书信里写得清晰："广东几乎无日无雨，天气潮湿，书物不易存储，出太阳则又热不可耐，讨厌至极。又此地不似外省随便，女人穿衣，两三月辄换一个尺寸花头，高低大小，千变万化，学生又好起人绰号，所以我带回来的衣服，都打算送给人穿，自己重新做过，不是名流，未能免俗，然私意总从俭朴省约着想，因我固非装饰家也。"

从信里面看,的确花销挺大的,仅衣服一项,一个月也有不小的开支。

考虑到许广平的经济情况,鲁迅在 10 月 15 日收到许广平信的当天晚上,十分关心地说:"你收入这样少,够用吗？我希望你通知我。"

对于在《两地书》中从未对鲁迅有过任何经济要求的许广平来说,这一次的确遇到了前所未有的经济压力,除了在上两封信里谈到的收入低而开支大之外,还有家里的一些穷亲戚也来找她借钱,这真是窘迫得厉害。她不得不在 10 月 21 日晚上的信中发牢骚了:"这回回粤,家里有几个妇孺,帮忙是义不容辞的,不料有些没有什么关系的女人,也跑到学校来,硬要借钱,缠绕不已,真教人苦恼极了。我磨命磨到寝食不安,折扣下来,所得有限,而她们硬当我发了大财,每月是二三百的进款。我的欠薪,恐怕要到明年底,才能慢慢地派回一点,但看目前内外交迫的情形,则即使只维持到阳历一月,我的身体也许就支持不住了。"

这番牢骚发完的第二天,收到鲁迅问询收入的信,许广平立即复信了,经济再怎么不济,也不至于开口破坏自己的一贯自尊,所以,在回信鲁迅时这样写道:"用度自然量入为出,不够也不至于,我没有开口,你不要用对少爷们的方法对付我,因为我手头愈宽,应付环境就愈困难,你晓得吗？"

她不要钱,鲁迅自然没有办法强行给她汇款。

说到鲁迅还是一个老派的人,总觉得凡事都要征求一下对方的意见。其实,这样的事情,问了许广平,反而,她自己会不好意思的。如果一声不响地将钱直接寄出去了,那么,我相信,许广平会燃烧得更加热烈的。

是啊,从 1926 年 9 月,两个人同时从北京离开,有一把锁已经将两个人的心锁在了一起,那密码始于 1925 年 3 月 11 日的一封信,又或者秋天深处的一次拥抱或者亲吻。

然而,更为深沉的惦念和爱情,则是从鲁迅和许广平恋爱后的第一次分开说起。两个人从上海坐船分开,一个赴厦门大学,一个回广州老家。

两地书,这才名副其实了,一场轰动整个文坛的婚外恋情,也真正开始了。

02

和一个基督徒同一个房间住真麻烦,大约要听她不停地捂着胸口默念经书。

船的过道里堆满了工人,还有一个学生模样的人在演讲关于北伐的必要,他的口才很好,见识也多些,讲演的时候还夹杂着炫耀他在其他地方看到的革命情形。这惹得许广平很兴奋,她便也参与了进去,插话介绍北京当局的黑暗,自然也讲述了自己的英雄事迹。她自己的事迹也果然英雄了得,是啊,当年的七匹"害群之马",如今已经只剩下六枚,有一枚叫作刘和珍的,已经牺牲了。

这是1926年9月初的事情,9月4日这一天,许广平照例在睡梦中被同房间的梁姓基督徒惊醒,梁姓同室的朋友诸多,来到房间以后,不是唱圣诗,便是打扑克。那么热爱打扑克,让许广平颇为反感,以为他们不是真的基督徒。当他们邀请许广平一起玩时,许广平便推托说不会。船行进在厦门附近,但还没有到厦门,在甲板上来回打了几个转,空茫一片,实在无聊,许广平不得不回到床铺上看书,但太吵了,看不下去。那天,许广平对焦菊隐的作品进行了恶评,原文如下:"看书,也没有地方,也看不下去,勉强看了《骆驼》,除第一二篇没看,又看《炭画》,是文言的,我想起林琴南来了,格格不入,看不下去。继看焦菊隐的《夜哭》,糟透了,还不如塞入纸篓,字句既欠修饰,文理命意俱恶劣,这样的作品,北新也替他出版矣!"

这一天的鲁迅先生已经到了厦门,而且当天,鲁迅也给许广平写了一封简单的信,大致介绍他听不懂厦门的话,便给林语堂打电话,让他来接。鲁迅的信里有这样的一段话和许广平的书信有了呼应和灵犀:"我在船上时,看见后面有一只轮船,总是不远不近地走着,我疑心是'广大'。不知你在船中,可看见前面有一只船否?倘看见,那我所悬拟的便不错了。"

而许广平在4日的书信里也正好写到了她对鲁迅的牵念:"听说过厦门,我就便打听从厦门至广州的船。据客栈人说,有从厦门至港,由港再搭火车(没有船)至粤,但坐火车中途要自己走一站,不方便,而且如果由广州至港,更需照相找铺保准一星期回,否则向铺索人,此路'行不得也哥哥'。有从厦门至汕头者,我想这条路较好,由汕头至广州,不是敌地,检查……省许多麻烦,这是船中所闻,先写寄,免忘记,借供异日参考。"

一个站在甲板上,看到附近的一只船,恨不能大声叫喊对方的名字,一个则窝在船舱里看书写信,还打探从厦门至广州的具体路线,每写下一个地名,都会联想到鲁迅乘车或坐船去看望自己的甜蜜情形。

每每读到此处,我都会联想到沈从文1934年元月,新婚后因为母亲病重不得不回家探视母亲而写下的《湘行书简》。那些书信里透露出的思念的气息和许广平此时的非常接近,沈从文听到河边的一声小羊的叫声都能联想到在家里的张兆和。而许广平看到厦门茫茫的大海,也同样能想到被水包围着的鲁迅。

此时的鲁迅与许广平已经处于热恋阶段,已经习惯向对方叙述一切,恨不能把自己内心的钥匙也配一把给对方,让对方随时来检阅忧伤或者喜悦。命运常常是这样安排的,许广平在信里仔细描述的路线图在四个月后有了作用。

有过出差经验的人,都会理解在车上或者在船上的时候,时间像在橡皮筋上做上下运动,每一秒都像是被拉长了几倍一般。这个时间,最适合给想念的人写信。身边的声音、状物都是入信的佐料。

许广平的信大致就是这样的,买了便宜的小汗巾,一块钱六条,还不到二毛一条;黑皮鞋也是便宜的,一双三元;从 8 月最后一天上船,到 9 月 6 日下午下船,许广平写了满满十页的信,不是信,是日记。她仿佛想让鲁迅重新温习她的旅程,这样写下来,让鲁迅看到,就像鲁迅也陪在她身边一起走过一样。

还是说一下 1926 年 9 月 4 日的信吧!鲁迅住在厦门大学的一个临时的住处,三楼。教员的宿舍楼还没有建好,一个月以后才能完工,离开学还有半个月的时间,有的是空闲,所以一个未知的世界还没有打开。他写道:"我写此信时,你还在船上,但我当于明天发出,则你一到校,此信也就到了。你到校后望即见告,那时再写较详细的情形罢,因为现在我初到,还不知道什么。"

而同一天,在船上的许广平,除了评论焦菊隐的《夜哭》,对基督徒的唱诗厌倦,还写到船路过厦门时的心情:"下午四时,船经厦门,我注意看看,不过茫茫的水天一色,厦门在哪里?!室迩人遐!!!……信也实在难写,这样说也不方便,那样说也不妥当,我佩服兰生,他有勇气直说。"在这一段里,思念的树叶子落尽了,果实虽然有了,却压抑了树枝,所以,许广平很想舒展一下自己的身体或者枝叶,很想对着鲁迅大声地叫喊几声,直接一些,热烈一些,说,我爱你,或者,说,你是我的,只属于我。但是,在书信里不行,一则是环境的不允,二则是两个人都显得拘泥和扭捏。自然,这一段话在《两地书》出版时,被先生用朱笔删节了去,实在是可惜得很。

许广平书信里的"兰生"大约是指一本书里的人物,在这封信里屡次提及。

巧合的是,同一天,两个人都跑出船舱来张望,一个张望后面的船只,会不会有许广平在那里;另一个则张望厦门的模样,想知道,自己最为亲爱的那个人即将落脚的地方是什么的色泽或者味道。"茫茫的水天一色"并没有淹没掉许广平的热情的内心,刚发完牢骚,便又替鲁迅打探从厦门到广州的路途了。是啊,总是有公共的假期的,鲁迅若是想喝醉酒后乱打人的话,也需要熟悉这厦门至广州的路线啊。

被厦门的海水包围着的鲁迅先生已经坐在三楼看远处的风景了,寂寞是一定的。若是有诗情的话,先生应该会写出这样的情诗:水来,我在水中等你。

鲁迅在厦门期间所写的书信,是《两地书》中最为重要的部分。《两地书》共分为"北京""厦门至广州"和"上海至北京"三辑,而"厦门至广州"的书信是最多的。一个在寂寞又荒凉的海边,一个在繁华又荒芜的城市。火苗维持了四个月,终于,两个人受不了那火焰的炙烤,决定共同燃烧。

船来,便在船上张望;水来,自然也便在水中等你了。若是火来呢,恋爱中的鲁迅先生?

03

在厦门大学,鲁迅住在一栋破楼里,虽然建筑破旧不堪,却被学校印在一张明信片上。这很有好处,鲁迅将明信片同时寄给了许广平、章廷谦,并在明信片上标注一个明显的"＊"号,说明这里便是自己的住处。

从1926年9月4日抵达厦门大学,到12日晚上,已经过去了八天时间,仍然没有收到许广平的信。对于依赖许广平甜蜜且温润的语言来应付寂寞的鲁迅先生来说,这是一件饥饿的事情。前天晚上的大风把鲁迅房间的一扇窗子刮坏了,门还好,除了晚上听了一夜敲门声之外,并无破损。躺在床上,鲁迅想,若是这激烈的敲门声是许广平的话,他会立刻起床开门,给她泡上好的茶叶。天亮后,发现了飓风的厉害,林语堂房屋的房顶被风吹破了一个硕大的洞,门也坏掉了,树叶子和灰尘布满了房间。最厉害的是校外的海边堆积着旧家具、枕头、损毁的船只和窗子,还有不幸遭遇了灾难的人的尸体。

一天中能见到的人少而又少,图书馆里的书也少。天一放晴,便很热,海滩边上常有赤裸身体的人,他们在海里游泳累了,深埋在岸边的沙里。每一次路过这些游泳的人,鲁迅便也心里痒痒的,跃跃然。在12日晚的信里,鲁迅写道:"海水浴倒很近便,但我多年没有浮水了;又想,倘使害马在这里,恐怕一定不赞成我这种举动,所以没有去洗;以后也不去洗罢,学校有洗浴处的。"

同一天晚上,许广平也在给鲁迅写信。

许广平在老家的宅院里祭拜了母亲。一间缝纫室里,中间的那间最为狭窄,不通风,无窗,四面碰壁,她便住在这样的房子里。9月12日夜,在广州师专做训育主任的许广平还专门附了一张自己的职责表格给鲁迅,一共十七条权责,就连学生在食堂里就餐的秩序,也归她这个训育主任来负责。在此之前的信里,许广平还汇报了她的一次小事故。从香港回广州的船上,因为有太多的海关检查,许广平和一些游客换乘了小船。结果即将靠岸的时候,小船突然遇到一个波浪漩涡,加上船上的诸人和重物失衡,导致船身倾斜,船夫落水。好在乘客都有惊无险,无一人坠落。

鲁迅12日晚上的信还没有寄出,便收到了许广平的信件,两封信一起收到,开心异常。"今天(十四日)上午到邮政代办所去看看,得到你六日八日的两封来信,高兴极了。此地的代办所太懒,信件往往放在柜台上,不送来,此后来信可于厦门大学下加'国学院'三字,使他易于投递,且看如何。这几天,我是每日去看的,昨天还未见你的信,因想起报载英国鬼子在广州胡闹,入口船或者要受影响,所以心中很不安,现在放心了。"

每一天都要到邮政所去看信,这是恋爱的症状中最为突出的表现。

许广平6日的信是那封著名的在船上写的信。在船上容易写出经典的情书,譬如沈从文,譬如徐志摩,鲁迅看到许广平在信里细致描述自己的所见所闻,便也在回信里回忆自己的路途故事。在船上,与鲁迅同房间的不是基督徒,却是一个革命党人,和鲁迅大谈革命,逼得鲁迅只好沉默或者逃避。不过,这位五十多岁的广东人告诉了鲁迅从厦门到广州的路线。

鲁迅看到了落水未遂事件,也担心了一下,在回信里,专门安慰了这匹受惊的小马:"也曾问他从厦门到广州的走法,据说最好是从厦门到汕头,再到广州,和你所闻的客栈中人的话一样,我将来就这么走罢。船中的饭菜顿数和你乘的'广大'一样,也有鸡粥,船也平稳,但无耶稣教徒,比你所遭遇的好得多了。小船的倾侧,真太危险,幸而终于'马'已登陆,使我得以放心。我到厦门时亦以小船搬入学校,浪也不小,但我是从小惯于坐小船的,所以一点也没有什么。"

书信虽然慢了一些,但总有着阅读不尽的体温及笑容,可以反复阅读。

鲁迅去厦门大学国学院教书缘自林语堂的邀请,与鲁迅同时接到林语堂邀请的,还有孙伏园、章廷谦、江绍原等。鲁迅离开北大去厦门大学任教的事情,孙伏园在北京的京报副刊上做了宣传。在书信里,鲁迅特别地讲到这件事情,大约是想隐约地向许广平透露一些消息,京城里已经有关于他们两个人的闲话了。

其实,早在鲁迅没有离开北京的时候,闲话已经有了。传闲话的人并无恶意,无非是常常去西三条胡同鲁迅宅院里的几个学生:孙伏园、章廷谦、高长虹、向培良等人。

在鲁迅和许广平决定离开北京前,已经商量着工作两年后,有积蓄后,再考虑同居结婚。在1926年3月6日的日记里,也就是两个人通信的一周年纪念日前,鲁迅写道:"夜为害马剪去鬃毛。"这一句话大概是两个人关于身体接触的最为直接的证据了。

两个人的关系一直碍于鲁迅有夫人而停止在礼仪和爱慕的阶段,尽管许广平执着地表达自己的感情,但鲁迅一直在退避,直到后来,学校的风潮以及琐碎的事情将两个人越挤越近,甚至融化在了一起。于是,鲁迅才下定了决心,爱了起来。

"我上船时,是建人送我去的,并有客栈里的茶房。当未上船之前,我们谈了许多话。谈到我的事情时,据说伏园已经宣传过了(怎么这样地善于推测,连我也以为奇)。所以上海的许多人,见我们一行组织,便多已了然,且深信伏园之说。建人说,这也很好,省得将来自己发表。"这一段话里,套藏着鲁迅的犹豫不决。大约当时还不便于公布两个人的恋情,又或者担心时间或者距离的遥远会使两个人的感情有所变化,所以,信里的文字只提到鲁迅自己。但在《两地书》出版时,两个人已经结婚生子,所以再无须担心和顾忌,便做了简单的修改。改正后的文字如下:"我上船时,是建人送我去的,还有客栈里的茶房。当未上船之前,我们谈了许多话。我才知道关于我的事情,伏园已经大大地宣传过了,还做些演义。所以上海的有些人,见我们同车到此,便深信伏园之说了,然而并不为奇。"

厦大的课时本来不多,奈何林语堂希望鲁迅的课程能开得多一些。

鼓浪屿上的寓客越来越多了,厦门大学就在鼓浪屿的对面,隔岸可看。也有渡船,十分钟就到了。可是鲁迅要编讲义,还要应付未知的许多困惑和寂寞,当然,最重要的,还要继续报告在厦门大学的衣食住行。"我已不大喝酒了,饭是每餐一大碗(方底的碗,等于尖底碗的两碗)……"这种乖巧又温和的汇报,读来觉得会心。读到这里,前文里提到的那句"我多年没有浮水了,又想,倘使害马在这里,恐怕一定不赞成我这种举动,所以没有去洗",就非常自然了。爱除了调皮、任性、孩子气,更多的是要依托这种"每餐一大碗"的油盐做法。

04

鲁迅不大喜欢京剧,鲁迅去世后,郁达夫写回忆录,曾经写到过这一点。应该是在五四时期,据说田汉和茅盾等人要用京剧救国,鲁迅就嘲笑他们说:"以京剧来救国,那就是唱'我们救国啊啊啊'了,是行不通的。"

而在厦门大学的那个图书楼上,他的邻居们如顾颉刚均喜听京剧,用留声机来听,啊啊啊、啊啊啊啊的,鲁迅无比厌倦。

厦门大学附属的中学叫作集美中学,也是陈家庚投资办的。刚好,鲁迅在北师大教课的几个学生被分配到这个学校教书。1926年9月19日晚,五个学生请鲁迅吃饭,说起了各自的现状,五个学生在学校里推行白话文写作教学,遭遇了冷遇,很是孤单无助。鲁迅对五个学生的孤单很是理解,他正被一群有欧美留学经验的学者们包围,也很孤单。

在厦门大学国学院里,林语堂是国学院的主任,沈兼士是国学院文学系的主任,然而到了学校很多天,这些人中除了鲁迅、沈兼士和顾颉刚,其他人都没有发聘书。林语堂费了很大的力气才给孙伏园、黄坚等人要来了聘书。

顾颉刚和黄坚均是胡适的信徒,此时的鲁迅和胡适已经决裂。所以,鲁迅不喜欢他们,能不和他们说话则不说。因为可做的事情实在是少,鲁迅学会了睡懒觉,头发长了也不理,胡子也刮得少了,显得异常的潦倒。

离市区太远了,只能到学校旁边的那个小商店里买东西吃,可是那个店员的普通话实在是太差了,鲁迅和他讲话基本上是南辕北辙。小店里有一种圆圈点心很好吃,龙眼是新鲜的,鲁迅买了一点,不好吃。

回到住处,留声机的声音依旧在响,啊啊啊、啊啊啊啊的,鲁迅便拿起笔给许广平写信:"在国学院里的,顾颉刚是胡适之的信徒,另外还有两三个,似乎是顾荐的,和他大同小异,而更浅薄。一起到这里,孙伏园便算可以谈谈的了。我真想不到天下何其浅薄者之多。他们语言无味,夜间还唱留声机,什么梅兰芳之类。"

大约是受了这种芜杂的环境影响,鲁迅喜欢上了两件事情,一是到街上的小卖铺买点心吃,顺便到邮政所里看看有无甜蜜的书信;再则是早早就入睡,涛声伴着留声机的声音渐渐远去,这是夜晚想念的借口。

"我们来后,都被搁在须作陈列馆室的大洋楼上,至今尚无一定住所。听说现在赶造着教员的住所,但何时造成,殊不可知。我现在如去上课,须走石阶九十六级,来回就是一百九十二级;喝开水也不容易,幸而近来倒已习惯,不大喝茶了。"这是 20 日下午鲁迅致许广平的信中的一段话。书信里有着不可思议的乐观,闲暇时的那种无聊也在这段文字中表现,上下楼的台阶数都查得清清楚楚,这需要非同一般的寂寞。

隔了两天,又收到许广平抱怨的书信,鲁迅便又继续地数自己的台阶数:"我在这里,不便则有之,身体却好,此地并无人力车,只好坐船或步行,现在已经练得走扶梯百余级,毫不费力了。眠食也都好,每晚吃金鸡纳霜一粒,别的药一概未吃。"

之所以有时间去校外闲逛,还有一个原因。刚入厦门大学时,林语堂找到鲁迅说,希望他能多教一些课。鲁迅和林语堂商议之后,决定每周上六个小时的课,分为三个科目。在刚刚到厦门大学时,鲁迅的信里已经写到了此点:"我的功课,大约每周当有六小时,因为玉堂希望我多讲,情不可却。其中两点是小说史,无须预备;两点是专书研究,须预备;两点是中国文学史,须编讲义。看看这里旧存的讲义,则我随便讲讲就很够了,但我还想认真一点,编成一本较好的文学史。"这是 9 月 14 日中午时的信,然而到了开学前后,学生报名完毕了,鲁迅才发现,他预备的三个科目中,关于专书研究这个科目却无一人选修。现在想来几近不可思议,鼎鼎大名的鲁迅先生的课,竟然还会出现零学生的尴尬的局面,实在是有些像野史了。然而事实正是如此。看《两地书》便知:"教课也不算忙,我只六时,开学之结果,专书研究二小时无人选,只剩下了文学史、小说史各二小时了。其中只有文学史须编讲义,每星期四五千字即可。"这便是 22 日下午的短信中的内容。

这封信里还说到十天后要搬家的事情。那么,照理,鲁迅应该是搬到博学楼的,而顾颉刚等人则要搬到兼爱楼的,终于可以分开了。之所以鲁迅要搬到博学楼,并不是因为鲁迅比顾颉刚博学,而是因为单身。在厦门大学的教员宿舍分类上,有老婆的就住在兼爱楼,大约房间大一些,有做饭的地方。而没有老婆的单身教员则要住在博学楼里。

鲁迅的信自然是随手写下的,并无话外的别音,然而,这样的字眼到了许广平那里,自然会产生一系列的联想和反应。有老婆的就住得好一些,没有老婆(鲁迅先生的夫人朱安女士是个特例)的鲁迅先生却只能博学着而寒居,这着实让人担心,不如,就不如了吧!

果然,刚刚发出这封爬楼梯而不喘气的信件之后,就收到了许广平的担忧:"不敢劝戒酒,但祈自爱节饮。你的害马,九月十八日晚。飓风拔木,何不向林先生要求乔迁?"

这是许广平回信的最后一句。自然,许广平的这句话是看到多天前鲁迅写信告知她的那场大风,把林语堂的房顶刮破的大风,把鲁迅的窗子也刮坏一扇的大风。

然而,风平浪静之后,鲁迅遇到的却是这啊啊啊的京剧和说别人闲话的小人。鲁迅除了编文学史讲义,给北京莽原社的韦素园等人写信,接下来,还要应付情敌高长虹的纠缠,之外,便是和茫茫大海一样的空旷和悠闲。实在没有什么积极的事情可做了,只好查楼梯的台阶数。一级,一级,一级,若是每一级都念一下害马的名字,就更好了。

05

性子耿直自然会得罪人的,鲁迅很快便得罪了一个"善于兴风作浪的人":黄坚。

黄坚是林语堂的秘书,一开始鲁迅便对他没有好印象,原因自然和顾颉刚的推荐有关。然而鲁迅并不会一棍子就将此人打死,他会认真地观察此人,终于发现了此人的"鄙":一则是对小职员的不屑一顾,态度傲慢;再则是答应别人的事从来是口头上的,实际上根本不兑现。最重要的一个原因是,有一次林语堂正和鲁迅交流厦门大学的饮食的难吃,黄坚跑过来汇报工作,说到某个人的不好的,小声嘀咕良久。于是鲁迅"就看不起他了"。

然而,物以类聚。反感也总是相互的,很快,鲁迅找到了一个机会,让黄坚碰了一个钉子。黄坚果真是个斤斤计较的人,第二天便找机会报复。大致经过是这样的:鲁迅的住处因为要陈列物品,教师必须搬走,然而黄坚只是催促鲁迅搬走,却并不说明要他搬到哪里。鲁迅恼火了,发了脾气。黄坚便指了一间空旷的房间给鲁迅。但是,那个房间也太空了,连基本的床铺也没有。然而当鲁迅去找黄坚领取物品的时候,黄坚终于找到了报复鲁迅的机会,推托说物品被别人领完了,暂时没有,要鲁迅打地铺睡觉。这大约伤害了鲁迅的自尊。离开北京来厦门大学,目的是另起一行做一番事业的,没想到被这样的小人绊在这样一个小地下室里。恼火之后,又大发其怒,这一下果然奏效。"大发其怒之后,器具就有了,又添了一把躺椅,总务长亲自监督搬运。"然而即使如此,鲁迅的心也凉了半截,在致许广平的信中写道,"因为玉堂邀请我一场,我本想做点事,现在看来,恐怕不行的,能否到一年,也很难说。所以我已决计将工作范围缩小,希图在短时日内,可以有点小成绩,不算来骗别人的钱。"

学校常常弄一些好笑的事情出来,譬如鲁迅新搬的住所,因为房子稍长了一些,便装了两个灯泡。可是,学校为了节约,规定一个老师只能用一个灯泡,好说歹说也不管用,终于,那个电工将鲁迅房间"多余"的一个灯泡摘下,走了。然而,那灯泡是摘了,电线的接口却裸露着,有一天晚上起夜,差点儿触了电,叫了电工过来重新收拾,才算周全。

鲁迅被安排进了图书馆,房间比以前的宿舍大了,邻居分别是会炒火腿的孙伏园和北大时的学生张颐。为了能让许广平更为直观地了解自己的住处,鲁迅特别用手绘了住处的图,一共画了五个小房子,并在下面的一行标注自己的住处的窗子。"至于我今天所搬的房,却比先前的静多了,房子颇大,是在楼上。前回的明信片上,不是有照相吗?中间一共五座,其一是图书馆,我就住在那楼上,间壁是孙伏园与张颐……我的房有两个窗门,可以看见山。今天晚上,心就安静得多了,第一是离开了那些无聊人,也不必一同吃饭、听些无聊话了,这就很舒服。"

可是,住图书馆不过是临时之计,管理图书馆的主任出差不在家里,林语堂就自己做主把鲁迅安排了进来。然而,那主任回来以后,还不知会不会发生变化。不过,由九十六级台阶的高楼搬到了只有二十四级的二楼,心情好了许多。但是仍然因为没有许广平在一旁看着,生活单调且乏味。在 9 月 26 日晚的信中,鲁迅写到自己请了一个叫作"春来"的工人,便买了许多器具,锅碗瓢盆什么的。有人看到他和工人提着这些生活用具回来,打趣着说,看来要在此安下家来了。然而鲁迅却并不这样想,在信里,他说:"有人看见我这许多器具,以为我在此要作长治久安之计了,殊不知其实不然。我仍然觉得无聊。我想,一个人要生活必须有生活费,人生劳劳,大抵为此。但是有生活而无费,固然痛苦,在此地则似乎有费而没有了生活,更使人没有趣味了。我也许敷衍不到一年。"

然而此时的许广平却是过着有生活无费的日子,"我一天的时间,能够给我自己支配的,算是晚上九时以后,我做自己的私事——如写信,预备教材。"

虽然如此,许广平的住房也还是更换了,不再是那间碰壁的房子了,而是和另外三个同事住在一起了。9月28日的书信里写道:"好多应当记下来的都忘了,致使我的'嫩弟弟'(《两地书》出版时此词去掉)挂心,唉,该打,忘记什么呢?就是我光知道诉苦,说我住的是碰壁的房,可是现在已经改革了,我到校的第二个星期六——忘记日子了,因我没有简单地写日记(也许是十八号)记下来——在住室的东面楼上,有附小的一位先生辞职,她的房间,校长就叫我先搬去,我赶紧实行,此处为一楼,方形,间成田字,住四位先生。该三人为小学教员,胸襟狭窄,我第一晚搬来,她们就三人成众,旁敲侧击地说我占了她们房间。"

许广平的图画得很规矩,因为房间是四四方方的,所以,她画三幅图,一幅是全景的,一幅是放大了的自己的房间,大约想让鲁迅隔着窗子看看她的夜晚或者思念,她甚至还放大了窗子,三格玻璃的窗子,里面是她的全部的表演。房门口是一个过道,堆满了邻居家里的锅碗和煤油炉。有两个邻居还带了家里的老妈子做饭,于是,嘈杂声和说笑声常不绝于过道,没有办法,一回到房间,许广平便关上房门。后面的窗子倒是可以打开,风吹来一阵湿漉漉的空气,觉得秘密只属于她自己,甜蜜也是。

不仅鲁迅的住处有再搬的可能,而且许广平的住处也是。许广平9月28日致鲁迅的这封长信里写道:"这个学堂有点似厦大,从前是师范小学合在一起,现在师范分到新校去,该处未建好,现正筹捐,所以师范教员、学生仍住小学。"

师范与小学混在一起上课,事情自然要繁杂一些,晚上9点才能回到住处,还关心鲁迅的身体,菜淡了要加盐,胡椒不可以多食,要买一些罐头吃,不要省钱。窗外飘起了雨,在雨声里写信,显得更加柔软。许广平突然想起一种水果很好吃,叫作杨桃,横断开来,是一个五角星,也很好看,色黄绿,可惜,不能和鲁迅一起吃。

06

在大海边睡觉,波浪的声音是渐渐听不到的呢。

每一个到过厦门的人,都会对那滔滔如诉的波浪声印象深刻。然而,久居于波浪的旁边,就像久食某种食物一样,甜味减半,乃至消失,成为日常的细节,变得模糊又乏味。

大风依旧在窗外吹,吹进梦里,吹进食物里,甚至想念里。大风几乎天天都刮,最受影响的是在外面走路,把长袍吹起一个空空的大包,若是在外面尿尿,必须要掌握好风向,一不小心,便会尿湿衣服。

我私下里以为，在情书写尿尿如何如何，一定是感情非常亲密才行。这样的书信内容在无意中泄露了写信者与收信者肉体上的某种亲昵无间的关系，好玩的是，这样的字句在《两地书》出版时并未删去："我到邮政代办处的路，大约八十步，再加八十步，才到便所，所以，我一天总要走过三四回，因为我需去小解，而它就在中途，只要伸首一窥，毫不费事。天一黑，就不到那里去了，就在楼下的草地上了事。此地的生活法，就是如此散漫，真是闻所未闻。"

而在《两地书》的原信中，还有下面的小节，读来则更可笑。鲁迅得意于自己的大胆，而那些初来的老师还没有发现这个办法，即使是晚上的时候小便，也需要去遥远的厕所去"旅行"。

"旅行"一词在形容别人小便时用到，实在是绝妙之至。

在1927年9月24日许广平致鲁迅的书信里，许广平问鲁迅："你为什么希望合同的年限早满呢？你是感觉诸多不习惯，又不懂话，起居饮食不便吗？如果的确对身子不好，甚至有妨健康，则不如失约，辞去的好。然而，你不是要去做工吗？你这样的不安，怎么可以安心工作？你有更好的方法解决没有，或者于衣、食、抄写有需我帮忙的地方，也不妨通知，从长讨论。"这连续不断的字字句句皆流露出不安，恨不能插翅过去看看。

鲁迅在复信里解答了这一疑问："我之愿合同早满者，就是愿意年月过得快，快到民国十七年（1928年），可惜到此未及一月，却如过了一年了。其实此地对于我的身体，仿佛倒好，能吃能睡，便是证据,也许肥胖一点了罢。不过总有些无聊,有些不满足,仿佛缺了什么似的,但我也以转瞬便是半年、一年……聊自排遣,或者开始着手编讲义,来排遣排遣,所以眠食是好的。我在这里的心绪,还不能算不安,还可以无须帮助,你可以给学校做点事再说。"

鲁迅之所以说快到民国十七年,是因为他和许广平在一同离开北京时曾经约定,分开工作两年后再谈婚论嫁。而民国十七年刚好是两年后,这种造句不过是委婉的孩子气,想说一日不见如三秋兮,又觉得太酸腐了,所以只好在信里表白"就是愿意年月过得快"。

许广平在 24 日信的末尾加问了一句:"伏园宣传的话,其详可得闻欤?"

因为之前,鲁迅在信里提到过,两人一同离开北京以后,孙伏园在北京替他们做了宣传,按照现在的术语说,孙伏园八卦了鲁迅和许广平的关系。鲁迅在《两地书》里作复:"至于他所宣传的,大略是说:他家不但常有男学生,也常有女学生,但他是爱高的那一个的,因她最有才气云云。平凡得很,正如伏园之人,不足多论也。"

其实在《两地书》的原信中,解释的字句要稍多一些:"L 家不但常有男学生,也常有女学生,有二人最熟,但 L 是爱长(chang)的那个的。他是爱才的,她最有才气,所以他爱她。"

在上海就已经听过了这些传言,然而许广平显然是未听够,之所以要鲁迅在信里再说一次,也不过是因为恋爱中女人的虚荣。

这一点,不管历史如何轮回也都是不变化的,对于甜蜜的食物,女人总愿意多食用一些,包括甜蜜的话语。

许广平在女师大念书时有一个要好的同学叫作常瑞麟,此女曾陪着许广平一起参加学潮运动,或者一起去西三条胡同拜访鲁迅先生,关系非常之好。早在1923年,许广平因为照顾常瑞麟的三妹而染上猩红热,后来,许广平又将自己的病菌传染给初恋的表亲李小辉,导致李小辉不治而亡。而常瑞麟及其一家在1925年的女师大风潮中也给身处逆境的许广平以极大帮助。在常瑞麟丈夫谢敦南没有求得职位之时,鲁迅先生曾应许广平之托,向厦门大学举荐过谢敦南和其兄谢德南。后来,鲁迅与许广平在1929年5月13日致谢敦南、常瑞麟的信中首次将她和鲁迅先生建立新的生活的经过和"身孕五月"的情况"剖腹倾告",信中还有"我之此事,并未正式宣布,家庭此时亦不知""如有人问及,你们斟酌办理,无论如何,我俱不见怪"等语。抗日战争胜利后,常瑞麟和谢敦南一家受许广平之托,多次转款给鲁迅在北平的遗属朱安女士,并帮助照料。1947年6月29日,朱安女士逝世,丧事亦由常瑞麟等人主持办理。

就是这样一位要好的朋友的关系,许广平写信给鲁迅,要他去见一下常瑞麟丈夫的哥哥——谢德南,此人正好在厦门的鼓浪屿,离得近。原信是这样的:"学校的厨子不好,不是五分钟可到鼓浪屿吗?那边一定有食处,也有去处,谢君的哥哥就住在那个地方,他们待人都好,你愿意去看看他吗?今日还接到谢君来信,他极希望回到家乡去做点事,但看你所处的情形,连许先生(季芾)也难荐,则其余恐怕更不必说了。"

鲁迅在回信里也提到了常瑞麟丈夫的工作的事情:"谢君的事,原已早向玉堂(林语堂)提过了,没有消息。听说这里喜欢用外江佬,理由是因为倘有不合,外江佬卷铺盖就走了,从此完事。"

在厦门大学,鲁迅不与顾颉刚等人在一起吃饭,连许广平的好友的哥哥也不去拜访,只能孤单地在自己的房间里写信、编讲义了。

不过,听讲的学生很多,也常常有热爱文学的女生像许广平一样,坐在第一排,热情地发言。可是,这一次鲁迅先生不再执着地盯着她们看了。

鲁迅的信一写到女人或者女生便会犯恋爱综合征:发誓、排他、孩子气。他的原信是这样:"听讲的学生倒多起来了,大概有许多是别科的。女生共五人。我决定目不斜视,而且将来永远如此,直到离开厦门,和 HM 相见。"

然而这封孩子气的信,直到半个月以后才被许广平收到。收到后,许广平不禁被鲁迅的誓言逗笑了:"这封信特别孩子气十足,幸而我收到。斜视有什么要紧,习惯倒不是斜视,我想,许是蓦不提防的一瞪吧!这样,欢迎那一瞪,赏识那一瞪的,必定也能瞪的人,如其有,又何妨?"

广平兄的鼓励,鲁迅却不敢去执行,在接下来的一封信里,依旧目不斜视着:"我现在专取闭关主义,一切教职员,少与其往来,也少说话。""嫩弟弟"毕竟是"嫩弟弟",花色的袜子大约不穿了,娘离得远了,也不再常常地叫了;但爱发誓的毛病依旧不变,呵呵,你听听他的话——"我现在专取闭关主义"。

07

有一种水果,叫杨桃,横断如五角形,外形十分地革命,色泽黄绿,味道有草木的清香气,微甜。许广平在信里问鲁迅,厦门可有吗?

鲁迅答,我在这里吃到荔枝、柚子和龙眼,没有见过此种名目的水果。之所以吃的水果不多,原因仍然和广平兄在信里反复地约束有关系。

在厦门,香蕉的价格是一角钱五个,如此零着出售,倒是少见。彼时的钱财乃是以银圆来计价,一块银圆相当于现在的一百元人民币,若是一毛钱,也相当于现在的十元钱。若是依照现在的市价,十元钱只能买五瓣香蕉,着实昂贵了些。

所以,鲁迅在书信里特地发了一通牢骚:"此地有一所小店,我去买时,倘五个,那里的一位胖老婆子就要'吉格浑'(一角钱),倘是十个,便要'能(二)格浑'了。究竟是确要这许多呢,还是欺我是外江佬之故,我至今还不得而知。好在我的钱原是从厦门骗来的,拿出'吉格浑''能格浑'去给厦门人,也不打紧。"

之所以说在厦门大学工作,钱是骗来的,是因为鲁迅在厦门大学的待遇颇好,每月有五百块大洋(约合如今的五万元人民币),然而,每周却只有四节课,不可谓不清闲也。

自从离开北京的那个是非窝,杨荫榆等人的名字便极少出现在鲁迅的日记及书信里了,陈源等人也是。

住处搬了几次以后,生活终于安定了下来,和孙伏园一起吃饭多次,发觉孙伏园的厨艺并不见佳,于是乎,鲁迅不得另请了一个做饭的工人。名字倒是很有趣,一个叫作流水,另一个叫作春来,皆诗意得很。

林语堂在厦门大学渐渐受到了排挤。先是聘书问题,除了鲁迅、沈兼士和顾颉刚三人外,一同到来的孙伏园、章川岛等人皆没有聘书,然而这些人也都是林语堂出面邀请来的;其次是住宿,鲁迅是最为典型的例子,因为得罪了林语堂的秘书黄坚,反复地被更换住室,在厦门大学不到一个月时间,鲁迅被迫搬了三次家。

搬家次数太多,甚至接下来还有搬家的可能,所以,鲁迅不敢置办太多的家具。当他看到许广平信里搬到新房子以后,写道:"从信上推测起你的住室来,似乎比我的阔些,我用具寥寥,只有六件,皆从奋斗得来者也。但自从买了火酒灯(酒精灯)之后,我也忙了一点,因为凡有饮用之水,我必煮沸一回才用,因为忙,无聊也仿佛减少了。"

厦门大学的校长林文庆是尊孔的,对于新文化很是抵触,但对鲁迅和沈兼士却格外开恩,希望用一些好的草喂养他们,好挤出牛奶来。林语堂猜测出校长的爱好,便鼓动校长来举办一个展览会来振奋精神,好让学生们知道,学校里还是有一些有价值的古董。林语堂有天晚上找到鲁迅,竟然要鲁迅把他的一些石刻的拓片也拿出来。鲁迅觉得好笑,在信里给许广平当作笑话讲。

许广平呢,许广平去城隍庙的一个酒店吃了酒,是她的一个堂兄的孩子过满月,菜很精致,在信里,她很以为坏,说:"广东一桌翅席,只几样菜,要二十多元,外加茶水酒之类,所以平常请七八个客,叫七八样好菜,动不动就是四五十元。这种应酬上的消耗,实在厉害,然而社会上习惯了,往往不能避免,真是恶习。"

除了这些恶习之外,衣服也是她顶顶讨厌的。广东的天气潮湿,又天天下雨,所以衣服洗了便不容易晒干,但是也不能老是穿同样一件衣服,若是这样,学生便会恶作剧地在暗地里给老师起难听的外号。所以,许广平不得不把旧衣服送给别人穿,而自己要重新做过。"不是名流,未能名人,然而私意总从俭朴省约着想,因我固非装饰家也。"但是,想俭朴,却也需要合适的天气。

大雨除了带来衣物不能洗的尴尬,还有更为糟糕的事情,大雨让许广平的住室也漏了雨,到处放了盆子接水,晚上的时候,那声音异常地清脆,很难入睡。

然而让许广平高兴的事情还是有的,其一,学生们都很喜欢听她的课,这多少给了她一些安慰;其二,她的工资发了,领到了五十九元四角钱。和鲁迅一个月五百块大洋的月薪相比,许广平自然有些窘迫了,而且从信中可以看出,广州的消费颇高,请客吃饭,一次就能将一个月的工资花费掉,这实在有些奢侈。

工资高并不吸引人,鲁迅那里已经有了纠纷。沈兼士决定要回到北京去,所以,一直没有在聘书上签字。林语堂便央求鲁迅去从中说和,鲁迅很热情地去说,他想让沈兼士先在应聘书上签名,然后请假去北京处理杂事,但年内再回到厦门大学一次,算是在厦门大学工作了半年时间,也不枉林语堂邀请一场。鲁迅是因为知道沈兼士决心要走,才这样劝解的,可是沈兼士答应了,林语堂又不同意了,觉得这样过于便宜沈兼士了。鲁迅的一场劝解工作泡了汤,作了废。但过了两天,林语堂知道挡不住沈兼士一定要回北京,便也答应了沈的要求,结果还是按照鲁迅的方案执行的。

写信的那天是"双十节",在1926年,此节是"国庆节",大街上异常热闹。学校组织看了一场电影,可是发电机的电力不足,播放机一会儿就出不来人像了,但人们依然很热情地看着,甚至学校里的女教师都化了妆,穿了平时不舍得穿的新衣裳。

生活就是这样无聊着,然而周作人在《语丝》杂志上竟然写了一篇猜测鲁迅生活的文字,他的文章里有这样一句:"经过一次解散而去的师生有福了。"许广平在信里引用了这一句话,并自嘲说:"那么,你我不是有福的吗?大可以自慰了。"

幸福总是一种相对,是啊,鲁迅也感慨了一下:"倘我们还在那里,一定比现在要气愤得多。"

在厦门大学虽然不大高兴,因为身边总有爱听京剧的人,和只佩服胡适和陈源的人出现,这些人常常寻上门来找些小麻烦,让鲁迅不清静,但毕竟有了一份较高的收入和一份合适距离的思念。是啊,一想到去厕所尿尿时可以顺便看一下许广平的信来了没有,便会感觉幸福;一想到集美学校的几个学生常来这里谈人生,也觉得幸福;还有林语堂家人常常会送来一些食物,让人暖暖的;还有比起在北京医院里躲避被抓的危险,这些都是幸福的。

"你不要以为我在这里苦得很,其实也不然,身体大概比在北京还要好一点。你收入这样少,够用吗?我希望你通知我。"

写下这句话,内心其实也是幸福的。窗外有人在锻炼,不远处的海边还有人唱着渔歌,听京戏的人住到另一座楼里去了。日子的确还算幸福,偶尔打些折扣,只能靠广平兄的信来弥补了。

08

记得有一次胡兰成看到张爱玲吃空了的食物袋子,猜测出张爱玲喜欢的零食,下一次便买了些,还说一句,我喜欢这个,很好吃,不知道你是否也喜欢。

这样的话,多么狡猾。

恋爱中的人,是不是都是如此,答案在鲁迅这里也没有打折扣。

比如,在1926年"双十节"的下午3时的信中,许广平劝解鲁迅要注意饮食,因为一个人在厦门,若是吃坏了肚子,那么,疼痛在寂寞的情形下会加倍的。在书信里,许广平写道:"香蕉、柚子都是不容易消化的食物,在北京,就有人不愿意你多吃,现在不妨事吗?你对我讲的话,我大抵给些打击,不至于因此使你有秘而不宣的情形吗?"

恋爱中的人就是如此,无论说任何事情,都会联想到内心。鲁迅的回答则像是恋爱中的胡兰成一样的狡猾:"无论怎样打击,我也不至于'秘而不宣',而且也被打击而无怨。柚子是不吃已有四五天了,因为我觉得不大消化。香蕉却还吃,先前是一吃便要肚痛的,在这里却不,而对于便秘,反似有好处,所以想暂不停止它,而且每天至多也不过四五个。"

除了水果,鲁迅还偏爱吃甜食,这大约是在八道湾居住时留下的习惯。因那彼时的大院里,除了周作人的孩子,还有周建人的孩子,鲁迅喜欢给孩子们买糖果吃。而后来,羽太信子不让自己的孩子吃鲁迅购买的糖果,大约是嫌弃他选购的糖果廉价,鲁迅不得不自己食用了。

当然,这一切都只是推测。

在厦门大学,鲁迅的饮食爱好终于受到了挑战,因为喜欢吃白糖,然而厦门的蚂蚁很多,挂在空中,蚂蚁则会顺着吊篮的绳子爬上去，依旧成团成团地包围，以致鲁迅不得不常常连白糖带蚂蚁一起隔窗子扔到草坪里。

再后来，到林语堂家里参观，终于学到了一个好的方法，那就是把白糖放在一个塑料袋子里，系得紧紧的，放在桌子上，然后，在白糖的四周洒满了水。蚂蚁闻到气息之后，往水里爬，淹死者众，总算是解决了这个难题。鲁迅在信里十分欣喜地告诉许广平这个消息，仿佛要许广平也这样尝试一番。

然而许广平早就有自己的办法："防止蚂蚁还有一法，就是在食物的周围，以石灰粉画一圈，即可避免。石灰又去湿，此法对于怕湿之物可采用。"

这些知冷暖的话，鲁迅大约也会听的。用石灰防治蚂蚁，我倒没有试过，但是小时候用樟脑丸圈蚂蚁是屡试不爽的。

不喝酒了，有了闲暇，便可以到校外闲走几步，风很大，却并没有尘土，这是鲁迅最为喜欢的。《莽原》杂志要几篇稿子，夜晚的时候，鲁迅便拿起笔奋力。照例要抽烟的，但并不凶了，许广平的信就在桌子的角落里，烟灰弹在上面，还要仔细地拂去。

厨师终于换了一个，菜的口味好些了，心情便也好了。展览还是如期地办了，但是鲁迅先生却吃了不少的苦头。开会之前，沈兼士反复地通知鲁迅，要多取一些私藏的碑刻拓片去参展，鲁迅应下了，但是到了会场以后，才发现，展出的场地相当简陋，留给鲁迅的只有一方学生的课桌，鲁迅抱了满满的一怀，怎么办呢？只好铺在地上，伏下身子一一打开看，挑选几幅品相好的展出。然后，会场上并没有会务人员,只有孙伏园自告奋勇地帮着鲁迅前后张罗着。有一幅拓片很长,鲁迅的个头实在不够高大,便由鲁迅先生站到桌子上,将那幅拓片陈列出去。风吹过去,鲁迅便狼狈异常,好在下面有孙伏园扯着边遮挡着风。可是,那个屡屡与鲁迅作对的秘书同学,看到了孙伏园在鲁迅下面帮闲,便把他叫去了,说是有重物要抬。没有办法,因为黄坚是林语堂的秘书,自然有权力让孙伏园去帮忙。所以,虽然是故意找鲁迅的茬,也说得过去。孙伏园走了以后,鲁迅便从桌子上跳下来,但依然是乱作一团,有一幅价值颇为不菲的拓片被吹破了边,鲁迅只好收拾起来。沈兼士看到鲁迅忙碌不堪的样子,便跑过来主动帮忙。然而,沈兼士中午喝多了酒,这下过来帮忙,一会儿跳上桌子,一会儿又从桌子上跳下来,所以,不一会儿便昏了头,躺在展览会的角落里不动弹了,晚上的时候还吐得一塌糊涂。

沈兼士的离去让鲁迅颇有些感慨:"据我想:兼士当初是未尝不预备常在这里的,待到厦门一看,觉交通之不便,生活之无聊,就不免归心如箭了。""此地的生活也实在无聊,外省的教员几乎无一人作长久之计,兼士之去,固无足怪。但我比兼士随便一些,又因为玉堂的兄弟及太太,都很为我们的生活操心;学生对我尤好,只恐怕在此住不惯,有几个本地人,甚至于星期六不回家,预备星期日我若往市上去玩,他们好同去做翻译。所以,只要没有什么待下不去的事,我总想在此至少讲一年,否则,我也许早跑到广州或上海去了。"

是啊,第一个目标,看来还是广州,因为广州有一只小刺猬在等着。

展览会上的情形,除了鲁迅自己的尴尬之外,许广平看不出更多的内容,便在信里嘲笑:"一点泥人,一些石刻拓片,就可以开展览会吗?好笑。"

然而"还有可笑的呢"。鲁迅在回信的时候不得不补充展览会的片断,除了黄坚有意地叫走孙伏园让他一个人站在桌子上之外,还有更好笑的事情。那就是假钱币和照片。假钱币是从别的学院借过来的,沈兼士要鲁迅看一下真伪,鲁迅一看就笑了,是假的,鲁迅对沈兼士说,最好不要陈列,不然会闹笑话的,然而为了凑数,还是拿到了展览会上。照片便是田千顷的作品,他拍的照片五花八门,除了翻拍的几张古壁画之外,还有北京的街头、大风什么的,还起了洋气的名字,如"夜的北京""苇子"等等。可是到最后,鲁迅主张不展出的那些个仿制的古钱币最受欢迎,这着实让鲁迅感到了可笑。

写信之前,鲁迅被林语堂叫出来,看一封电报,是新成立的中山大学(原广州大学)的校长朱家骅发来的,收电报的是林语堂、沈兼士和鲁迅,想让他们三人去指示一下大学里的改制工作。然而,沈兼士急着回北京,林语堂在厦门大学获得了巨大的好处(他的弟弟、弟媳以及自己的老婆均被安排在了厦门大学工作），暂时也不可能去的，唯有鲁迅和许广平被大水隔着，可以去一下。然而，鲁迅的课才刚刚上了一个月，中间还请假了两三个星期，所以，他不好意思开口，只能作罢。

由于学生们都已经知道了周树人就是鲁迅，而且报社的记者也蜂拥地来采访，还要在学校的某些集会上开展讲座，生活一下子拥挤起来。鲁迅突然觉得自己像一件被挂在墙上的展览品一样，被众多的人围观，甚而点评三四。

他有些不适应，很想去看看许广平，但又没有机会，他在信里埋怨那电报的时机来得不对，说："这实是可惜，倘在年底，就好了。"

好在，他喜欢许广平的打击，无论怎么打击，也不至于秘而不宣，这多少还是"嫩弟弟"的表现。

可是时间过得可真是快，一转眼，两个人分别已经近五十天了。

之三：我是立刻去你处，还是一年之后
——一九二六年的茨维塔耶娃和里尔克、帕斯捷尔纳克

01

鲁韦街十九区八号，这是女诗人茨维塔耶娃1926年在巴黎的住址。当然，这个住址不久后变更。这个住址里有幸福的一家四口，茨维塔耶娃在给里尔克的信里面赞美过这里的每一个人：长得帅气的丈夫、睡觉姿势迷人的儿子以及开出小花朵的女儿，自然，也包括她自己。是的，茨维塔耶娃热爱她存在的物质世界，包括她的饮食气息浓郁的家庭生活。即使是她给帕斯捷尔纳克写信说，我将自己分成了一片又一片，给了你，又或者，她给里尔克写信，说，我想和你睡觉，你要仔细地抱着我，但是，她从没有离婚的打算。她只是将自己的内心一下子分切了两块空地出来，种植了对

帕斯捷尔纳克和里尔克的爱。她的爱热烈、浓郁,甚至充满了欲望。然而,读完了她的这些书信之后,我们会发现,这些书信里藏着一个善良的、美好的、多情的女人。她的信像玫瑰一样,那芬芳不仅迷醉了那一年的两个诗人,也将香气沾染在每一粒文字的水流上,直流到今天。

一个有着幸福家庭的女人,她何以能写出惊天地的诗句来?这是一个让人疑惑的事情。在致里尔克和帕斯捷尔纳克的书信里,她自己也提到,她的下午是给孩子们的,晚上根本没有写作的灵感。她被日复一日的菜蔬和孩子们的嬉戏删节成一个幻想家,她在书信里幻想着自己有时间读书写字。因为十月革命,她流亡到法国。经济上并不宽裕,连出门旅行也成了奢望。那么,她该如何丰富自己的视野呢?

我大约有些偏执了,我深信幸福家庭是写作的敌人。这不是我的话。我曾经在多个知名作家的自传或者言论里看到这样的话语:幸福生活是写作的敌人。

然而,看一下这册《三诗人书简》,便可以看到感情丰富的茨维塔耶娃,要写出好的文字,除了抵抗日常生活的侵蚀,还可以经营自己的内心。将内心的尺寸扩大一些,融化自己,拥抱有可能的爱或者思念,这是茨维塔耶娃的做法。

关于这段让诗歌史发光的三角恋爱,源自帕斯捷尔纳克的一封书信。

1926年4月12日这一天,帕斯捷尔纳克接到了父亲的来信,在信里,父亲说了他和著名诗人里尔克的一段交往。作为托尔斯泰作品的插图画家,帕斯捷尔纳克的父亲在1899年和1900年,曾两次帮助里尔克和托尔斯泰见面。1925年,流亡德国的父亲看到报纸上刊登的欧洲文化界要给里尔克举行盛大的五十岁诞辰的消息,便写信祝贺。在信里,父亲介绍了写诗的儿子帕斯捷尔纳克,以及儿子对里尔克的敬仰。里尔克于1926年3月26日回复了信件,并在信里夸赞帕斯捷尔纳克的诗歌才能。

激动的父亲连忙写信告诉了儿子。

这便有了帕斯捷尔纳克给里尔克的第一封信。这封信中的帕斯捷尔纳克让我想起了卡夫卡。他们敏感,他们自信自己的文字,却又渴望得到别人的肯定。卡夫卡曾经有一次为了见一个报纸的总编辑,去宴会之前,专门花费时间来背诵别人的短诗。那诗并不好,却还要记下好的地方,以示真诚。这种敏感而谦卑的品质总能成就一个写作者。

帕斯捷尔纳克在信里反复说起自己的阅读史,说起自己的性格的形成,都得益于里尔克的诗句。甚至,当他从父亲的信里得知里尔克赞美自己的诗歌才能时,激动得哭了。当时家里没有一个人,他在房间里沉默良久,来回踱步,以平复自己的激动。

接下来,他还介绍自己喜欢的女诗人茨维塔耶娃给里尔克认识。短短几百字里,帕斯捷尔纳克介绍了两次茨维塔耶娃的名字。最后,他甚至请求里尔克如果给他回信,也要回到茨维塔耶娃的地址那里,再由她转寄。

这最后的一笔,可谓用心良苦。既想让里尔克给他写信,又想让里尔克知道,他自己和茨维塔耶娃的关系不一般。这种情感的细腻表达很需要技巧,这技巧包含着对个体的情绪处理。我想,甚至要事先打好腹稿,在行文的时候要控制自己的节奏,知道在哪一段赞美对方,在哪一段停下来介绍茨维塔耶娃,又在哪一个关节处加以暧昧的注释,说明自己和茨维塔耶娃的关系。

就在同一天,帕斯捷尔纳克给茨维塔耶娃写了一封轰动世界文学史的情书,在书信里,他近乎痴迷般地用甜蜜的词语来编织花朵,企图占满茨维塔耶娃在巴黎的家。

4月12日这一天,帕斯捷尔纳克觉得孤单,是灵魂上的,他刚刚收到茨维塔耶娃寄给他的调查表。是当时的国家艺术科学院设计的,是为了编选一个作家辞典。在表格的内容里,帕斯捷尔纳克竟然看到茨维塔耶娃的母亲和自己的母亲一样,是同一所学校的同学,甚至都喜爱音乐。

这天早晨,帕斯捷尔纳克拿着茨维塔耶娃的表格唱歌,是一首哀伤的童谣。他又一次回到那过往的时光里,泪流满面。是的,他是一个感情丰富的人。手边的工作并没有做完,比如有两个国内的女诗人的信还没有回,但是,他拿起笔来便给茨维塔耶娃写信。写什么呢? 写自己的梦境,梦到了茨维塔耶娃。我有时候怀疑诗人们写信时的真诚。我想,他们会不会为了使得书信充满了诗意,而虚构出梦境,甚至是不置可否的喜剧。

但是，帕斯捷尔纳克的梦境太甜蜜了，而且他有能力重新描绘这复杂梦境的美好。他梦见一个美好的府邸，他住在里面，他在自己的住宅里遇到了茨维塔耶娃，他梦到自己飞奔着跑向茨维塔耶娃。那是一个虚构的美人，此时的茨维塔耶娃在一个小路的尽头站立着，仿佛伸手便可以捉到。"我置身于一个充盈着对你之爱的世界，感受不到自己的笨拙和迷茫。这是初恋的初恋，比世上的一切都更质朴。我如此爱你，似乎在生活中只想着爱，想了很久很久，久得不可思议。你绝对地美。你是梦中的茨维塔耶娃，你是墙壁、地板和天花板的存在类推中的茨维塔耶娃，亦即空气和时间的类人体中的茨维塔耶娃；你就是语言，这种语言出现在诗人终生追求而不指望听到回答的地方……"

几年前和茨维塔耶娃见面的时候，帕斯捷尔纳克正和一个叫特里奥莱的女诗人交往亲密。特里奥莱是马雅可夫斯基的表妹，特里奥莱对帕斯捷尔纳克的感觉很微妙，时而疏远，时而又亲昵。而被茨维塔耶娃截取到的场景大约是亲昵的。那时候，茨维塔耶娃还没有流亡，帕斯捷尔纳克和她交往并不多。所以在信里，茨维塔耶娃像一个普通的女人一样，有着一种醋意的猜测："你也许爱过她？"

这已经是被大风吹走的过往了，那些个小忧伤和小闲事就像小石头落在水面形成的小漩涡，过了一会儿，便找不到那地址。帕斯纳尔捷克发誓般地否定着茨维塔耶娃的猜测，不仅如此，他还深知茨维塔耶娃想要他说什么。果然,在书信里,他像一个耐心而技艺娴熟的纺织工,将往事中并不惹他喜欢的特里奥莱当作笑话讲给茨维塔耶娃听,将关于特里奥莱的这一段纹理纺织成蹩脚而难看的片断,以示他的清白。这对于一个擅长用诗句来表达感情的三十六岁的已婚男人,似乎并不难。

只用了不到三百字的工夫,他便建筑起一道用时间和灰尘混合起来的隔墙,将他与特里奥莱隔开了。书信写到这里,他忽然想到自己的以后,他已经不能忍受自己的未来生活里没有茨维塔耶娃。他写道:"我现在向你提个问题,在我这一方没有任何解释,因为我相信你的理由,这些理由应当为你所有,它们应当不为我所知并构成我生活的一部分。请你回答这一问题,如同你从不对任何人作答——如同你对自己作答。我是立刻去你处,还是一年之后?我这种犹豫并不荒诞,我有在行期问题上拿不定主意的真实原因,却又无力坚持第二种决定(即一年之后成行)。如果您支持我的第二种决定,那么,则会有如下的话:我将在这一年里尽可能紧张地工作。我将移动、前行,并不仅仅朝向你,也朝向一种可能,以成为生活和命运中某种对你而言更为有益的东西。"

这封先是爱恋,间以解释和撇清,后又撒娇的情书里,还夹寄了一张侧面的照片。帕斯捷尔纳克的这张照片有明星范,忧郁着,逆着光线,像一个沉思的人。他总是担心自己的模样不能让茨维塔耶娃心动,还在信里这样注释这张照片:"给你寄上一张照片。我很不像样子,我也就是照片上这个模样——照片照得很成功。

我只是眯缝着眼,因为我在对视太阳,这使得照片特别糟糕。眼,应该闭上。别听我的。随意回信。恳求你。"

这封信总让我想到20世纪30年代的沈从文,他喜欢上一个刚刚好年纪的女孩子,就坐在他的教室里,他喜欢极了。傻乎乎地表白,遭到拒绝后,他仍不死心。那信里的语气便是如此的。刚好,我找到了沈从文写给张兆和的好友王华莲的信,我摘录一段做比较:"因为爱她,我这半年来把生活全毁了,一件事不能做。我只打算走到远处去,一面是她可以安静读书,一面是我免得苦恼。我还想当真去打一仗死了,省得纠葛永远不清。不过近于小孩子的想象,现在是不会再做去的。现在我要等候两年,尽我的人事。"

在这里,帕斯捷尔纳克似乎比沈从文要幸福一些,因为,对面的女孩子并没有拒绝自己,而是喜欢自己如此甜蜜的用词。

婚姻生活的平庸像一本词典被翻破了一样,让帕斯捷尔纳克觉得,那些破烂的页码里有很多个他喜欢用的词语,找不到这些词语,日子便无法表达。而没有表达的生活,显然是匿名的、死亡的,他有些不甘,也有些心猿意马。

写不出文字,对他来说,一切都是虚无的。他是为了写作而活着。现在,这个给他带来饮食生活的家庭已经阻碍了他的写作,可以想象他的表情生活,大约是僵硬而痛苦的。

他的妻子冉尼娅感受到了帕斯捷尔纳克的这种异常。贫穷又加上话语不投机,使得她对自己的男人也充满了抱怨。她会冲着嬉戏的孩子发脾气,还会无端地对着帕斯捷尔纳克发脾气。连冉尼娅自己都觉得受不了这僵硬的生活。

我相信,帕斯捷尔纳克的全部时间都用来想念茨维塔耶娃了,不然,陷在日常琐碎里的妻子不会感觉到。也正因为帕斯捷尔纳克的内心没有空间(这一点,他和茨维塔耶娃不同,茨维塔耶娃可以同时给里尔克和帕斯捷尔纳克写情书,并没有多少内心的障碍),他没有力气和自己的妻子过柔软的时光了。他受制于日常生活的拮据,并计划将妻儿送到德国,他的妹妹那里。

他对自己的家庭生活突然不热爱了,他仿佛想要将自己全部的身心和表情都打包好,找最好的邮递员,直接邮寄给远在法国的茨维塔耶娃。他显然有些痴狂,在5月6日的信里,他这样写道:"你完全可以用冰块来包围我,可这是难以承受的。请原谅,我当时确实无法止步。在见到你之前,这将一直是我的一个萌动的秘密。我可以,也应该在见面前对你保密,如今我再也无法不爱你了,你是我唯一合法的天空,非常非常合法的妻子。在'合法的妻子'这个词里,由于这个词所含有的力量,我已开始听出了其中前所未有的疯狂。玛丽娜,在我呼唤你的时候,我的头发由于痛苦和寒意全都竖了起来。"

然而,帕斯捷尔纳克给茨维塔耶娃写信的同时,诗歌的教父里尔克也在给茨维塔耶娃写信,感情浓郁且内敛,一点儿也不比帕斯捷尔纳克羞涩。甚至在信里,里尔克也坦承:"你能感觉到吧!女诗人,你已经强烈地控制了我,你和你的海洋,那片出色地与你一起阅读的海洋……"

这封信让茨维塔耶娃受宠若惊,她觉得她达到了目的。如果之前的信里,帕斯捷尔纳克对她说"你就是我的目的",那么,现在,茨维塔耶娃想对里尔克说"你就是我的目的"。

她也果真这样写了,她写道:"亲爱的,我非常听话。如果你对我说:别写信了,这会使我激动,我需要独自一人待着,那么,我就会明白一切,并能忍受。"

在这封信里,茨维塔耶娃向里尔克介绍了自己的家庭生活,她当时极度贫困,但这些,在信里却不能说。只能说有色彩的话,比如,她赞美自己的孩子,一个是十二岁的女儿,一个是一岁多一点的儿子。她坐在海边的沙滩上给里尔克写信,两个孩子在沙滩上尖叫着玩耍。这就是她写信时的环境。

如果那些字里有两个字写得潦草了,那一定是孩子们突然跑过来,和她说话,又或者是海风吹过来一些悄悄话,让她觉得幸福甜美。

总之,茨维塔耶娃陷入对里尔克的想象里。这种陷入让她的精力打了些折扣,自然,她冷落了帕斯捷尔纳克。

02

我相信,每一个诗人的内心都住着一个孩子。里尔克的天真一直保持到他去世。

1926年年底他去世了，然而，这一年的5月，他却有着孩子一样的天真和热情与茨维塔耶娃恋爱。在茨维塔耶娃寄给他的信封上，他发现了地址上几个法语单词的意思：超越生活。他喜欢极了，觉得那信封上的地址是对他的一种暗示，他应该遵从这些。他想，和一个热爱自己的女人恋爱，总算是对生活的一种超越吧。

所以，他在信里表达了自己的想法："9日，今天，永恒的今天，我接受了你，玛丽娜，用整个心灵，用我全部的意识，那为你和你的出现所震撼的意识，我自己也像是海洋，与你一同阅读，你的心灵之流在涌向我……"

茨维塔耶娃被里尔克接受自己的来信感动极了。她反复诵读里尔克的诗句，为那些诗句中有可能和自己有关联的一些词语激动落泪。她将自己的照片给里尔克寄去，寄照片的时候百般地为难，太大的那张是侧面的，她更希望里尔克能看到自己的眼睛。她往自己的眼睛里放了许多话，想说给里尔克听。所以，她寄了一张护照上的照片，这张照片虽然小一些，但因为时间较早，照片上的自己显得年轻、干净，她很满意自己的这张照片。她希望能给里尔克留有完美的印象。

里尔克看到茨维塔耶娃的照片，天真地将自己的护照找到，将两个人的护照上的照片并排放在一起，并在回信里说，先将我们两个人的照片摆放在一起。他的话并没有说完,大意是照片亲密地放在一起,就像是我们两个人有了亲密的关系。

茨维塔耶娃完全沉浸在这甜蜜的通信里。

甚至,她自己还写了一首情诗,那诗安静极了,表达了她向往的生活状态。然而,此时,她正居无定所。她的诗歌名字叫作:《我想和你一起生活》。

……我想和你一起生活
在某个小镇,
共享无尽的黄昏
和绵绵不绝的钟声。
在这个小镇的旅店里——
古老时钟敲出的
微弱响声
像时间轻轻滴落。
有时候,在黄昏,自顶楼某个房间传来
笛声,
吹笛者倚着窗牖,
而窗口大朵郁金香。
此刻你若不爱我,我也不会在意。
在房间中央,一个瓷砖砌成的炉子,
每一块瓷砖上画着一幅画:

一颗心,一艘帆船,一朵玫瑰。
而自我们唯一的窗户张望,
雪,雪,雪。
你会躺成我喜欢的姿势:慵懒,
淡然,冷漠。
一两回点燃火柴的
刺耳声。
你香烟的火苗由旺转弱,
烟的末梢颤抖着,颤抖着
短小灰白的烟蒂——连灰烬
你都懒得弹落——
香烟遂飞舞进火中。

茨维塔耶娃对帕斯捷尔纳克的冷落,很快便引来了帕斯捷尔纳克的抱怨。他在1926年5月19日的信中,开头第一句便这样写:"在此之前已写了三封没有发出的信。这是一场病。这场病应该压下去。"他并没有抱怨茨维塔耶娃,而是埋怨自己的惯性思维。这信的开端稍显得幼稚,像是一个生了气的孩子,明明喜欢桌上的食物,却对自己的家长说,我不喜欢吃,最不喜欢吃了。说完以后又会恶狠狠地盯着别人吃。

孩子自然是说话不算话的,即使已经说过自己最不喜欢吃了,但是,这个时候,如果家长善解人意地拿过来一个水果,递给他,他推让一下,也就吃了。

帕斯捷尔纳克现在就是那个躲在一旁看着茨维塔耶娃和里尔克通信的人。他有些失落,甚至伤感。他在信里这样模糊地写道:"但是,在接到你的信之前,我是无心去触及里尔克的主题的。"是啊,这个时间,他满心地猜测全是关于茨维塔耶娃的,至于两个人通信了吗、说了什么,这实在是让他难过的一粒药丸,他决定不吞服它。

这封信,后来帕斯捷尔纳克又用括号加了注释,就在这句话的后面,他补充注释道:"连想都无心想他,更不用说给他写信了。"如果前面的信有些孩子气,那么到了这里,便完全是醋意十足的赌气了。在这封信的结束,他仍然不能完全建筑自己的自尊,他还是担心自己的自尊过于矫情,从而被茨维塔耶娃看低了。

总之,聪明者若茨维塔耶娃,一眼便从信里看到了帕斯捷尔纳克的委屈。在回信中,她从夜晚窗外的风里找来萤火虫一样闪光的词语,用来照亮帕斯捷尔纳克。

她首先将自己的一首长诗献给帕斯捷尔纳克,这意味着什么呢?这是温度的突然升腾,这让帕斯捷尔纳克感到温暖。仿佛,他将里尔克的一扇门锁上了,整个世界突然又只有他的诗句了。

茨维塔耶娃在信里凭着印象引用帕斯捷尔纳克的诗句,大约改了一两个语气词,便柔软了许多:

整个一生我都想和大家一样。

> 但是世界，披着优美的衣裳
> 却不来倾听我的痛苦
> 于是我只想，像我自己那样。

在此之前，带着孩子逛糖果店的时候，茨维塔耶娃喜欢上一个文具用品店里的笔记本子，有着香气的纸页，偏暗黄，在夜晚的灯光下像大海边被烫平了的沙滩。茨维塔耶娃觉得特别适合写诗。她要买两个，一个给里尔克寄去，一个给帕斯捷尔纳克。但又觉得太幼稚了。还是只给帕斯捷尔纳克吧！

她是托她和帕斯捷尔纳克共同的朋友爱伦堡捎到莫斯科的，她在信里关切问，是不是拿到了，开始写了吗？若是写的话，第一句写什么，会不会想起她的孤独。

当然，茨维塔耶娃用另外一种方式表达了这些个意思，她担心帕斯捷尔纳克的内心太脆弱，从此放下她。她可不想疏远帕斯捷尔纳克，她和所有的天才女作家一样，有收藏赞美或者体贴自己的话语的嗜好。她必须定期得到帕斯捷尔纳克对她的赞美和想念，才会觉得生活庸常还可以熬过。

她暂时放下了里尔克，暂时放下了她的丈夫和孩子，放下了日常生活里的一切，只剩下笔下的这个人，她给他烹制语言的甜点，怕这些语言过于干燥了，又在语言里加入水分。看茨维塔耶娃的信，会觉得，她总是轻而易举地将男人拉拢到自己的身边。是啊，她的语言那么好，像饥饿时我们闻到的食物的气息。

她在信里这样写:"不久前我有过神奇的一天,那一整天都给了你。我很晚才起床你别相信'寒意'。你我之间有了一阵穿堂风。"

这真是最好的药,如果帕斯捷尔纳克在上一封信的开端里写到自己的病,那么,现在,茨维塔耶娃正在开出的诗句的药方,足可以治疗好帕斯捷尔纳克对感情不确定的伤感。

穿堂风,从一个角落里吹到另一个角落里,热烈的话语纠缠在一起。多好啊,就像拥抱一样,热烈又温暖。

写完这封温暖的书信的第二天,茨维塔耶娃收到了帕斯捷尔纳克的一封无助又伤感的信。

信的末尾一句尤其让茨维塔耶娃感觉到悲伤,敏感的她捕捉到了藏在那字缝里的无助。那句话是这样的:"今春,我的头发白得很厉害。吻你。"

看着这封信,茨维塔耶娃连忙跑到镜子前查看自己的模样。她抚摸着自己的头发,有些想念帕斯捷尔纳克,她觉得,她应该在他身边看着他,抚摸着他,让他有力量对抗那庞大的孤独。

女儿阿里娅去市场玩耍了,儿子小莫尔正在睡觉,房间里有一种说不出的安静。这安静让茨维塔耶娃有些心慌意乱,她拿起笔,几乎是惊慌着,给帕斯捷尔纳克写信。她用力地回想自己上一封信写了什么,她在忆念,是不是有一枚什么词语掉落在地上,沾满了灰尘,而她又没有在意,直接从地上捡起来放在了书信里,寄给了帕斯捷尔纳克。她知道,他们两个有一个非常相似的地方,都很敏感,尤其是对词语背后所藏着的孤独感和不安。

她的确想念帕斯捷尔纳克了,和想念里尔克不同,想念里尔克有一种回家的感觉,而想念帕斯捷尔纳克则有一种私奔的快感。她决定,活着,便不能没有帕斯捷尔纳克的书信,那是她种在帕斯捷尔纳克内心的一片鲜花,需要定期开放,并带来思念或者爱情的芬芳。

1926年5月23日,她在信里解释,她依然想念帕斯捷尔纳克。那信写得真诚,且充满了孤独感:"鲍里斯,我写的不是那样的信。真正的信是不用纸的。比如今天,我推着小莫尔的小车,一连两个小时走在一条陌生的道上——走在多条道上——盲目转悠,怡然自得,最后终于登了陆(沙滩即大海)。边走边抚弄开花的刺丛,就像抚弄别人的小狗一样,不停地,鲍里斯,我不停地与你说话,进入你的心中与你说话。我高兴,我喘息。有时,当你沉思得太久时,我就用双手把你的头转过来说:瞧!别以为有何美景,量代是可怜的,除了各种表现的英雄色彩……"

尽管这封信仍然提到里尔克,但是,她将更浓郁的感情投射到了帕斯捷尔纳克的身上。信的结束,她这样说:"我那样想念你,仿佛就在昨日还见过你。"

隔了一天,茨维塔耶娃又一次翻看自己写给帕斯捷尔纳克的信件,觉得有好多话并没有说明白,又继续给他写信。她想让帕斯捷尔纳克明白自己:"鲍里斯,你不理解我。我非常爱你的名字,以至于,在给里尔克写信时,如果我不把你的名字再写一遍,就像是一个真正的损失,一个拒绝。"

第三天,要寄信的时候,茨维塔耶娃才发现,还有很多话要对帕斯捷尔纳克说,便找了信笺接着写信。在信里说了好多里尔克的情况,比如有一个成年的女儿,已经嫁了人。还有一个外孙女,刚满两岁。她甚至还犹豫不决地介绍了一件尴尬的事情,就是,她寄给里尔克的俄文版的诗集,里尔克竟然看不大懂。这让她觉得尴尬。她在信里排列、议论、回忆、归纳,甚至是抒情。比如信的一开始,她这样写:"你好,鲍里斯!早上六点,一直刮着风。我刚刚沿着林荫小道跑到井边去(两种不同的欢乐:空桶,满桶),我整个顶着风的身体都在向你问候。门口是第二个括号:大家都还在睡觉——我停下了,抬起头迎向你。我就这样和你生活在一起,清晨和夜晚,在你的身体内起床,在你的身体内躺下。"

这样的话语与其说是抒情,不如说是挑逗。那边是百般猜测之后渐渐气馁的帕斯捷尔纳克,一个喜欢自己,并且自己也不能够舍弃的恋人。所以,她想让他知道自己的生活的一切琐碎,包括风吹到自己身上,带走了的那些香气,她都不舍得让陌生人闻了去。她觉得,她身上的气息,只有帕斯捷尔纳克才懂得。

除了在信里引用自己的诗句,介绍完村庄四周的环境以及新鲜的事情,之后,她还讲她正在渐渐地适应所在的小村庄的天气状况。她将身边的人、事、物分段落地讲给了帕斯捷尔纳克,然后在信里调皮地说道:"你发现了吗?我是在零星地把自己给你。"

她给帕斯捷尔纳克也写了一首诗,不是,是两首,一首是《山》,一首是《终结之诗》。她大约更喜欢有着女性身体气息的诗歌:《终结之诗》。这首诗是对女性由内而外的自身的特点的研究和观照,她在信里说:"是的,你不知道,我为你写了一些诗,在《山》的高峰处(《终结之诗》是一种。只是《山》更早些,是一张男人的脸,一开始就很热情,很快就达到高峰。而《终结之诗》则是突然产生的女人的痛苦,滚滚的泪水。我躺下时,我是我;当我起床时,我已不再是我!《山之诗》——是一座能从另一座山上看到的山。《终结之诗》——是我身上的一座山,我在它的下面)。是的,诗句楔子一样地朝向你,它们没有完成,有些像我对你的呼唤……"

《终结之诗》的片断是这样的:

> 我将不停地走动
> 我用淡淡的忧伤
> 在调整吉他的音阶
> 我在做自我的剪裁

"做自我的剪裁",这是的确的。将自己的夜晚剪成三段,一段给日常,一段给里尔克,一段给帕斯捷尔纳克。将自己的情绪裁为三片,一片给黑夜,一片给白天,剩下的这一片,想了很久,还是给了帕斯捷尔纳克。因为,他没高高地坐在远处,他坐在一张桌子的对面,微笑的表情刚刚好,仿佛伸出手,就能握到他。

将自己裁成很多个琐碎的片断,用信封封好,用舌头舔一下邮票和封口的固体胶,封好信封,便也将自己的一个吻痕封在了里面。

是真的,茨维塔耶娃看着那个封好了的信封,发呆了很久。装进去的信,分好几次才写完,写了什么呢? 不过是琐碎的自己,琐碎的情绪的思念。她不正是将自己的碎片全部寄给了帕斯捷尔纳克吗?

03

下午的时候,天气稍凉爽了一些,孩子们在外面玩耍。这是帕斯捷尔纳克弟弟的家,大约住得近,孩子们在一起玩耍,而他,蹩进弟弟的房间里独享一份安静。这安静让他欢喜,他十分享受这来之不易的沉默,觉得自己想做什么都可以。譬如,他从信封里抽出茨维塔耶娃的几张照片,比较了几下,将最小的一张夹在正看的一本书里。然后开始给茨维塔耶娃回信。

"现在我连能与你的大幅照片独处的地方都没有……一整天,我手中捧着的是《山之诗》和《捕鼠者》。我热心地把两部长诗读给阿霞听,出于那样一种不属于自己的原因。"

这是 1926 年 6 月 5 日的信。在信里,他激动地表达自己的欣喜。他正在看茨维塔耶娃的一些旧作,忽然爱伦堡给他带来了两部新的长诗,这让他有抑制不住的雀跃;还有呢,就是,他天天从一个小信封里拿出茨维塔耶娃的小照片看的时候,爱伦堡还给他带来了放大了的茨维塔耶娃的照片。这两重欢喜,让他孩子似的跳跃起来。他用文字在信纸上舞蹈了好久。

隔了一天,他又写信,说起他对茨维塔耶娃的丈夫的感觉,他写道:"我也与这个名字交上了朋友,知道他的人全都为他着迷,说的都是好话。我觉得,我竟有些爱他,因为我由于他而痛苦。不,我只是男人般地、奇怪地爱他,敬爱他。"

这文字调皮而又有着了一股潜藏的醋意,这相当礼貌。既不能表达过分的嫉妒,又恰如其分地加入了自己对他占有了茨维塔耶娃身体或者生命时间的羡慕。

茨维塔耶娃让爱伦堡带给帕斯捷尔纳克的,除了两部长诗、她自己的大幅照片之外,她还手抄了里尔克给自己的前两封信。

自然,她喜欢里尔克的同时,也喜欢帕斯捷尔纳克,让帕斯捷尔纳克为了里尔克的书信而痛苦的时候,她将里尔克的信抄给了他。可以想象的是,她一定会将个别字句修改。这个抄件因为将里尔克浓郁地情愫做了掩饰,而显得友谊、纯洁。所以,帕斯捷尔纳克看完了里尔克第二封信,也就是 1926 年 5 月 10 日致茨维塔耶娃的信以后,他从绝望中醒来,兴奋地给茨维塔耶娃说他的梦:"这种喜悦昨天降临了。在此之前,我一连梦见你两次。夜里一次(我在清晨 5 点躺下),白天一次(我一直睡到傍晚)。我还依稀记得夜里的那个梦。你来到了这里。我领你去见你的妹妹（她们并不存在），到了好几处房子,每一处房子你都说是你童年的住处……"

这是甜蜜无比的梦,在梦里潜入恋人的故乡,差不多暗喻着将对方据为己有,因为只有私有了一个女人,才会涉及她的过往,她童年时的家乡,包括她的亲人。

而这个时候,茨维塔耶娃却并没有回应帕斯捷尔纳克的热情,她甚至拒绝了帕斯捷尔纳克的邀请。1926 年 7 月 10 日,她很理智地回信给帕斯捷尔纳克:"如果说我不能与你生活在一起,那么这不是由于不理解,而是由于理解。由于别人的,同时也是自己的真实的痛苦,由于真实而痛苦——这一屈辱我是无法承受的。"

是的,她渐渐地发现自己的体温更加倾向于里尔克,甚至,她被里尔克的磁场诱引着,慢慢地产生了自我保护的意识。她开始知道,再强大的内心,无论如何剪裁,最终能容纳的,也是少而又少的人。一开始的热情会成为美好的经历,而最后沉淀下来的,才是生命的营养。她是这样下了决心的。在书信的结束,她近乎残酷地出具了她的礼貌用语:"亲爱的,抛掉那颗被我所充满的心吧!别自寻烦恼了。好好活着。别因妻子和儿子而感到不好意思。我给你充分的自由,去把握你能够把握的一切吧——趁你还想把握的时候!"

然而,强大无比的茨维塔耶娃也遇到了里尔克的置疑,很快地,里尔克便知道了茨维塔耶娃抄他给她的信寄与了帕斯捷尔纳克。他开始怀疑茨维塔耶娃书信里的所有甜蜜句子,会不会都是一稿多投,自然,在书信里,他婉约而又淡然地提及这些。里尔克的置疑让她感到不安,该如何解释呢?

1926年6月14日,她写信给里尔克,开头第一句话便是:"听我说,莱纳,这件事你应该从头听起。我是一个坏人,鲍里斯是一个好人。"

将自己的过错一下子承担下来,这让对方的怨气会一下子收留,让对方的内心停靠在语言的沙滩上喘息并渐渐找回自己。她的确是一个聪明的女人,她将自己对帕斯捷尔纳克的那种喜欢,甚至是有着身体气息的依恋隐藏起来。到了里尔克这里,变成了一种撒娇的爱,那是让人心里安慰的爱。她的才华在致里尔克的这封信里表现得淋漓尽致,如何从尴尬的自我矮化里走出,如何用甜蜜的情绪洗干净自己的卑劣,她做到了完美。

她爱里尔克的诗句,以至于里尔克在第一次写信给她时的那句"我们相互传递的只是征兆",被她剪裁下来,贴在自己的心跳上,或者是,贴在了自己的乳房上,那么便有了挑逗的意象。她在信里说:"莱纳,我爱你,我想到你那里去。"又说,"莱纳,昨天傍晚我走出房间,想收回床单,因为下起了雨。我把全部的风都揽进了自己的怀抱——不,把整个北方都拥抱了起来。这也就是你。"

是啊,风是你,风带来诗句。雨也是你,雨洗去相思。

最美好的句子在这封信的结尾,那语言经典之至。"读完这封信后,你所抚摸的第一只狗,就将是我。请你注意它的眼神。"

这样柔软的信果然起了作用。里尔克拖着疾病的身体给她回了信,并同意了她的解释,认为她的坦承让他有了新的看法。

这让茨维塔耶娃无比激动,她在信里又开始撒娇了。1926年8月2日,她写信说:"你——就是我今夜要梦见的人,就是今夜要梦见我的人。"

她甚至想到了帕斯捷尔纳克,想着他有可能同时梦到里尔克和自己。她在信里调皮地说,如果我们同时被另外的人梦到,那就意味着,我们两个在别人的梦里见面了。

这真是儿童。

然而,这个儿童却有着成年人的心愿:"莱纳,我想去见你,为了那个新的、只有和你在一起时才可能出现的自我。还有,莱纳,请你别生气,这是我,我想和你睡觉——入睡,睡着。这个神奇的民间词汇多么深刻、多么准确,其表达没有任何的歧义。单纯地——睡觉,再没有别的什么了。不,还有:把头枕在你的左肩上,一只手搂着你的右肩——然后再也没有别的了。不,还有:就是在最沉的梦中,也知道这就是你。还有:要倾听你的心脏的跳动,还要——亲吻那心脏。"

阅读至此,我私下里以为,在全世界的情书史上,再也没有比这一段更温暖、更会调情了。

她一点也不淫秽,只是让我觉得干净,像冬天里的阳光,让我们觉得美好温暖。

1926 年 8 月 2 日,这是一个适合写情书的日子,在这封伟大的爱慕里尔克的信里,茨维塔耶娃以近乎一个完美的词语派遣者,将词典里最为甜美柔软的词语用尽了,织成毛衣,织成床单,织成可以包围里尔克的一切布饰。

这封缠绵的书信过了十天,仍然没有收到里尔克的回复。茨维塔耶娃有些惶恐,如果信丢了,那么满腔的爱恋便化成了泡沫。这多么让人沮丧,所以,在 8 月 14 日这一天,她又写了一封短信,问里尔克是不是收到了她热情的表达。

之所以求证,是因为她去邮局寄信时,刚好发现,邮电局的车辆已经拉着邮件上了路,她没有追上,只好喘息着回到邮局门口,塞到了一个灰尘满身的邮筒里。她有些不信任那个被时间遗弃在路边的邮筒。当然,她依旧不舍得忘记她撒娇的语言天分。当里尔克表达因为见到了两个俄罗斯人而感到开心的时候,她竟然直接命令里尔克说,以后,只有我才能代表俄罗斯,其他的俄罗斯人都不能算是俄罗斯人。这可真是趣味无比。

里尔克很快便回信,他也被茨维塔耶娃的调皮传染,在回信里,他孩子一样天真地答复说:"玛丽娜,对你所想、所思的一切,都要说声好的,好的,再一个好的,它们又一同组成一个巨大的、由生活本身所道出的好的……"

你想来见我吗？好的；你想和我睡觉吗？好的；你想用胳膊抱着我的肩膀吗？好的；你想和我谈论诗句吗？好的……

这是里尔克所表达的意思，这几乎是一种情爱的邀约。然而，里尔克一想起帕斯捷尔纳克，便会陷入一种自然的内疚中，他在信里笔锋突然一拐："鲍里斯的沉默让我不安，令我伤心；这就是说，我的出现毕竟阻碍了他对你热烈渴望的道路。虽然我完全明白，你在说到两个'国外'时指的是什么，但我仍认为，你对他太严厉，近乎残酷。"

茨维塔耶娃在三天后回信，那书信更加缠绵，将两个人的恋爱推向了高峰。这个时候，她已经彻底地忘记了帕斯纳尔捷克的存在。她在信里这样写道："莱纳，对我想要的一切，请你尽管说'是'好了——相信我，不会有任何可怕的事情。莱纳，当我说我就是你的俄罗斯时，我仅仅是在对你说（再一次地）我爱你。爱情靠例外、特殊和超脱而生存。它活在语言里，却死在行动中。希望做你现实中的俄罗斯——对于这一点来说，我足够聪明了！语言的表达方式，爱情的表达方式。"

在这封信里，茨维塔耶娃用近乎脱俗的句子表达了她最为世俗的愿望，她想见到里尔克，和他拥抱、接吻，却没有钱。她有些羞涩："对了，还有一件事：我一分钱也没有，我的工作所挣来的小钱，很快就花光（由于我的'创新'，我的作品只能发表在《新潮》杂志上，而在侨民界，这样的杂志总共只有两个）。你的钱够我们两个人花吗？莱纳,写到这里,我不禁笑了:瞧,这是怎样的一位客人啊！"

然而,美好的事物总是会遇到恶劣的天气,这封情意缠绵的书信之后,里尔克消失在书信的海洋里。直至去世,再也没有能拿起笔,给茨维塔耶娜写信。

1926年12月29日,里尔克逝世。11月初的时候,一直等着里尔克发出邀请信的茨维塔耶娃搬了新家。她有些害怕,将新家的地址寄给了里尔克,只写了一句话:"亲爱的莱纳,我就住在这里。你还爱我吗？"

然而,她亲爱的莱纳却没有力气回答她了。

爱。但是,我仍然要离去。这句话,显然,只能作为电视画面的画外音了。

茨维塔耶在1926年12月31日,给里尔克写了最后一封情书,在情书里,她执着地去亲吻他的头发、他的嘴唇、他的额头。她悲伤极了,几乎找不到合适的词语来表达自己,她就那样哭泣了,在自己的书信里写道:"亲爱的,爱我吧,比所有人更强烈地、与所有人更不同地爱我吧。别生我的气——你应当习惯我,习惯这样的女人。还有什么？……你,是我可爱的成年孩子。莱纳,给我写信。"

茨维塔耶娃自己在注释里嘲笑自己的愚蠢,她想得到里尔克的拥抱,她跑进夜色里,大风里。她觉得那风便是里尔克写给她的信,黑暗而又浓郁。

1926年的最后一天,在茨维塔耶娃的一封信里结束了。

第二辑　沈从文二十二钞

之一:《我的家庭》

沈从文是一个有苗族血统的汉人。

他的父亲,是一个苗族女人生的,后来过继给他的爷爷。

他的母亲懂诗书,教会了他很多。

我以前读沈从文的文字总是躺在床上,发现沈从文是一个调皮的孩子。

今天,我坐在电脑前读沈从文的文字,发现他是一个爱炫耀的孩子。

是啊,如果不是懂得炫耀记忆中的美好和温暖,他不会成为一个作家的。

我们多数人都有美好的情怀,只是因为,我们把这些情怀都掩埋在自己的心中,那么,我们只能逐渐地忘记,让草把美好的情怀荒芜。

沈从文在《我的家庭》一文中炫耀了他的祖父,真实的情况是,他的继祖父叫作沈洪富,卖马发家,后来做了大清朝云南昭通镇守使、贵州总督。

他还炫耀了他的外公,叫作黄河清,是一个贡生,是当地唯一的一个读书人。他的舅父办了他们县第一个照相馆,还办了当地第一个邮局。他的母亲懂得医方,会照相。

说他炫耀,有些牵强,因为,沈从文先生不过是一种很平常的叙述。但此段中的炫耀并无不敬,只是说明一下,沈先生有很好的家教,是幼小时的那种氛围给了他营养,让他有机会成为一个知名的作家。

之二：我读一本小书，同时又读一本大书

　　沈从文的认字速度很快，不到一年就认识了六百个字。那时候他只有四岁。

　　生了蛔虫的沈从文当时的治疗方法是，用草药蒸鸡肝当饭。

　　六岁的时候，沈从文又出了疹子。他和弟弟一起得了病，发烧、咳嗽。家人为了让他能凉快一些，竟然用两张竹席子把他和弟弟包裹起来，竖在客厅中，就那样站着睡。
　　现在想一下，尿尿的时候怎么办呢。
　　那时候医疗条件很差，有很多病是不能得的，一旦得了，治不好就只好扔掉。
　　所以，沈从文在文章中写到，两个人在房子里被竹席子卷着，

外面的院子里放着两口小棺材,备用。

沈从文喜欢逃学是出了名的。他的父亲曾经对他的逃学很恼火,威胁他说,如果再逃学的话,就要剁掉他的一个手指。

沈从文的逃学有他自身的原因,因为他是一个早慧的孩子,很早他就已经学会了那些书上的内容,这个时候他就会认为自己比同龄的孩子水平要高,所以,他不愿意和那些平庸的孩子在一起。

这种逃离集体的行为对一个孩子的成长并没有什么好处,但,恰恰因为他的逃学,让他更为细致地观察了乡村里正在发生的一切细节。那些细节像一些花和草的种子一样生长在他的记忆里,直到多年以后的一天,长成了一篇又一篇优美的文字。

湘西有美丽的水,沈从文回忆自己对美的认识也是从水开始的。

是啊,当夏天的炎热到来时,把自己的身体交给水,那是多么美的一种享受。

沈从文写到了学校私塾里有一个不能下河的规定,老师在孩子们的手心里写下一个"红"字。但沈从文的一个张姓表哥就教他在游泳的时候把一只手举起来,那手自然就湿不了。这样的对策相当管用,让他知道,撒谎也需要智慧的。

沈从文自从尝到说谎的好处以后,开始根据各种经验来制作各种谎言。

他不喜欢学校,喜欢一个人到校外去看看,他感觉,那样的自己才是自由的。

他像一个群众演员,在大自然里旁若无人地走着。为了能走到无人认识的地方,他通常要走二三十里路,看别人编织竹簟、做香,有时候也会看别人下棋。如果有人打架,他也是乐于做观众的。看人家如何相骂,最后结局如何。总之,他满目新鲜,所"阅读"的内容绝不比书本上的内容逊色。

练习想象力是被老师发现逃课以后的事情。

沈从文的这段文字给所有爱玩的成人一段回忆,他在这段文字里描述了自己是如何在被处罚的时候练习想象力的。

每一次老师处罚他,他甚至感觉是一种想象力的享受,譬如他会根据季节不同,把心里的想法插上翅膀飞出校园,飞到各样动人事物上去。他会想到河中鳜鱼被钓起的情形,想到天上飞满风筝的情形,想到空山中歌呼的黄鹂,想到树木上累累的果实。

他的这种想象力练习为他成为一名作家提供了可能。

沈从文喜欢光着脚在路上走。把鞋子脱下来拿在手上,然后光着脚在路上走。

这让我联想到,他成长的湘西的土路的柔软,一定是适合一个孩子到处乱跑的湘西,一定是适合一个人寻找自己的梦境,坐在一棵树下或者一潭水边发呆的湘西。

我准备遇到这样的湘西。

杀人或者杀牛本来是一件极其血腥的事情,可是在沈从文的笔下却来得轻巧,像一场童话中的黑色背景音乐。

沈从文描述的杀人是犯人被杀掉以后的事情,作为一个孩子,他喜欢去看看人死了以后到底还会不会动。于是他拿着一根木棍往那些碎断了的死人身上撬来撬去,发现那些人已经不会动,终于心里产生一股害怕,吓得快跑离去。

杀牛是他每天都看到的事情。由于每天杀牛的时间并不相同,有时候他路过杀牛场的时候是刚开始磨刀,有时候是刀已经捅进了牛的肚子里,那牛已经慢慢倒下,有时候那牛已经完全断了气,肚子里的东西已经被掏了出来,像博物馆一样地摆在地上。

长期地路过一个杀牛场,他对一头牛的死去非常熟悉。在我的想象中,死亡一定是一件哲学的事情。在一个孩子眼里,那一头牛的死亡像一场舞蹈,像一场悲伤的歌唱,像一个无助的眼神,像一棵树倒下,且枣子都落到水里被水冲走。

鞋子对于沈从文来说是一种音乐。

下雨的时候,他的家里按规定要穿一种钉鞋的。现在,我们已经想象不出钉鞋的样子了,大概是布鞋的下面钉了铁的东西,以免被雨水湿透。

沈从文在文字中描述钉鞋是这样的:"虽然在半夜时有人从街巷里过身,钉鞋的声音实在好听,大白天对于钉鞋我依然毫无兴味。"

捉虫子也是一种人生哲学。

沈从文不动声色地讲述他捉蟋蟀的经过,大致是这样的,当他两只手各捉住一只蟋蟀的时候,还会听到第三只蟋蟀的叫声。于是,他就又去捉第三只,但伸手的一瞬间,手里的蟋蟀已经逃跑。

因此,他捉来捉去,到最后手里仍然只有两只。

这是一个人生的比喻,我们的一生有许多事情是缘定好了的,不论我们如何努力,我们的两只手就只能捉两只蟋蟀。因此,有了这两只蟋蟀,大可不必去捉另外的了。

当然,作为孩子的沈从文当时不会明白这些的。

有些问题,我现在也不明白。

譬如:为什么骡子推磨时得把眼睛遮上?为什么刀得在烧红的时候在盐水里一淬方能坚硬?为什么雕刻佛像的会把木头雕成人形?为什么小铜匠在一个铜板上钻一个圆眼?

我现在仍然不熟悉这些声音。

譬如:蝙蝠的声音,当屠户把刀刺一头黄牛的肚子它喉中叹息的声音,藏在田塍土穴中大黄蛇的鸣声,黑暗中鱼在水面拨拉的微声。

之三：辛亥革命的一课

关于童年的文字，更多的时候是成年人交换的阅读。

也就是说，不管是谁的童年，都不会引起孩子们的阅读兴趣。往往那些写儿童时代的文字，都是一些大人或者老人去看。

沈从文的文字也是如此，他在《辛亥革命的一课》一开篇就写道："有一天，我那表哥又从乡下来了，见了他我非常快乐。我问他那些水车、那些碾坊，我又问他许多我在乡下所熟习的东西。可是我不明白，这次他竟然不大理我，不大同我亲热。"

沈从文写这篇文字的时候一下就回到了自己的童年，只有有过童年生活经验的人才能读出其美妙。

我在读的时候忽然笑出声来，不是因为沈从文先生的文字，是因我想起被我拴住的一只青蛙，它唱歌唱得声音很大，穿过二十余年的光阴，终于传到我的耳朵里。

之四：我上许多课，仍然不放下那一本大书

想象力。这大概与四周的环境有关系。

四周有流水的孩子的想象力总比四周只有院落的孩子好一些。

整天看到青草和羊群的孩子的想象力要好过在城市里住六楼的孩子。

沈从文说到了湘西的树。他和几个孩子一起比赛爬树，爬不同的树，于是，他自然地就认识了很多种树。爬树时摔破了脚或者刺破了手，那么几个小伙伴就一起去采草药，自然地，他又认识了数十种草药。

我们的一生学习的过程就是这样的，有时候是靠书本或者别人的口述，有时候却需要自身的经历。

我们的想象力也和这些经历有关系。

湘西水多,沈从文每隔数百字就会写到游泳的细节。

每一次游泳都有好玩的情节。譬如他写到"水马",大致情形是这样的,把裤管泡湿了,扎紧了裤管,向水中急急的一兜,捕捉了满满的一裤管空气,再用带子捆上,便成了"水马"。这样,即使不会游泳,也可以把自己漂起来。

只是,此方法不知道现在还有没有人用。

苗族人的赶集和中原的人大同小异。

不过是卖东西的人在那里发誓似的讨价还价,卖鸡蛋的、卖山货的。唯一不同的是,那时候有小型的赌场吸引赶集的人们。

也有卖不同小吃的扎堆在集市上,那些希望改善生活的人,逛累了,买一份汤水,解解馋。

最值得一提的是,"竹筏上常常有长眉秀目脸儿极白奶头高肿的青年苗族女人,用绣花大衣袖掩着口笑。"

沈从文的描述极其简洁,却一下击中我的心,我想去看看那奶头高肿的苗族女人。

湘西传统的赶场极有气味,适合孩子们扎堆去玩耍。

沈从文的文字中描述了那山路两边物品的丰硕,譬如无数的桃树和李树,果实把树枝压得弯弯的,等待赶场的小孩子们去为它们减除一份负担。还有黄泥地里的红萝卜大得如小猪头一样,没有这些饥饿的小孩子去挖它们、吃它们、赞美它们,那萝卜便始终委屈地在那深土里默默地沉思着。路边还杂生着莓类或者野生的樱桃,还有甜滋滋的枇杷,还有到处可以采摘的山果。

那画面堆积得甜美让我的味觉瞬间复苏,想骑着自行车,沿着沈从文的描述去一棵一棵树地采摘,品尝湘西甜美的意味。

那个在沈从文之前并不出名的湘西,一下子被大家阅读。

沈从文把自己生长的这个地方比喻为一本大书,他认为:"总而言之,这样玩一次,就只一次,也似乎比读半年书还有益处。若把一本好书同这种好地方尽我拣选一种,直到如今,我还觉得不必看这本弄虚作伪千篇一律用文字写成的小书,却应当去读那本色香具备内容充实用人事写成的大书。"

是啊,行万里路读万卷书,我以后要天天去走路,哪怕只是去寻找一个合适的厕所。

之五：辰州（即沅陵）

沅陵高村，一个地点，江边的一个村落。十四岁的沈从文在当兵的路上在此处停留。

在沅陵县总爷巷一个旧参将衙门里，沈从文的一份新的工作便开始了。

在这里，沈从文做了班长。之后，他又开始往街上跑，那应该是沅陵城的一些小街道，不知道现在是否还保存完整。

沈从文写道："我很满意那个街上，一上街触目都十分新奇。我最欢喜的是河街，那里使人惊心动魄的是有无数小铺子，卖船缆、硬木琢成的活车、小鱼篓、小刀、火镰、烟嘴。满地是有趣味的物件。我每次总去蹲到那里看一个半天，同个绅士守在古董旁边一样恋恋不舍。"

跑步。

在沅陵的时间,沈从文每天早晨的功课是跑步,在他的叙述中,不知道跑步是为了追逐敌人,还是为了逃命。

在一个有水的村子里(大概是高村),沈从文思考着自己的跑步,我猜测,他应该是在和时间做比赛。

这样想着,我想到湘西的一个小村庄里,骑自行车或者跑跑步。

之六:怀化镇

怀化镇,沈从文的人生在这里有了很大的变化。

因为他认字比较多,又喜欢写字,在怀化,沈从文成了一名上士司书。

在怀化镇的一年零四个月里,沈从文看到过七百多人被杀死的全过程。

他在文章中这样记忆:"一些人在什么情形下被拷打,在什么状态下头被砍下,我皆懂透了。又看到许多所谓人类做出的蠢事,简直无从说起。这一份经验在我的心上有一个分量,使我活下来永远不能同读'子曰'的城市中人爱憎感觉一致了……"

沈从文比鲁迅等其他作家晚生了几年,但生活的时代大致相同,可当同时代的作家一一被战争的怒火吞食时,沈从文却用独特的视角,安静地描述了那个年代的悲伤。

是啊,人性中的很多东西都是相通的,不是因为战争就全部改变了。

杨姓祠堂,是沈从文的部队所在的地方。

不知道现在的怀化还有没有这个地方,在沈从文的笔下,是个热闹的所在。"祠堂对门有十来个大小铺子,那个豆腐作坊门前常是一汪黑水。那个南货铺有冰糖红糖、海带蜇皮,有陈旧的芙蓉酥同核桃酥。"

最有趣的,应该是他所描述的烟馆的情景了:"那个烟馆门前常常坐一个年纪四十来岁的妇人,扁扁的脸上擦了很厚的一层白粉,眉毛扯得细细的,故意把五倍子染绿的家机布裤子提得高高的,露出水红色洋袜子来。见兵士同伙夫过身时,就把脸掉向里面,看也不看,表示正派贞静。若过身的是穿着长衣或是军官,她很巧妙地做一个眼风,把嘴角略动,且故意娇声娇气喊叫屋中男子,为她做点事情。这点富于人性的姿态,我当时就很能欣赏她。"

沈从文的思考渗透在湘西的山山水水里,曲折的道路、多姿的人生里。

沈从文的职业困惑在怀化镇的时候就产生了。

他虽然是个文书,但有时候还要兼职做一下厨子,原因是他懂得煮狗肉。

安静而腼腆的沈从文在对待杀人或者杀狗这件事情上,显得有些态度硬朗,他认为,弱肉强食这是自然不过的事情。

他在文章中详细地记录了做狗肉的经过:"一个人拿过修械处打铁炉上去,把那一腿狗肉皮肤烧烧,再同一个小副兵到溪边水里去刮尽皮上的焦处,砍成小块,用钵头装好,上街去购买各样作料,又回到修械处把有铁丝贯耳的瓦钵,悬系在打铁炉上面,自己努力去拉动风箱,直到把狗肉炖得稀烂。"

看沈从文做得如此专业,不由得羡慕和他一起当过兵的朋友们。

怀化在沈从文的笔下有很多鱼。"可以在晚上拿了火炬镰刀到小溪里去砍鱼,用鸡笼到田中去罩鱼。"

砍鱼,可见那鱼之大;在田中罩鱼,可见那鱼之密。

黄鼠狼是一个贬义词。在沈从文的笔下,竟然也成了有用的动物。"上山装套设阱,捕捉野狸同黄鼠狼。把黄鼠狼皮整个剥来,用米糠填满它的空处,晒干时用它装零件东西。"

试想一下,我们现在的再好的真皮包具,也没有沈从文的创意来得自然而有趣。

和我的童年差不多,沈从文是一个看到什么东西都能喜欢上的家伙。

在怀化,他很快就发现了一个熔铁工厂。那个高过一切的泥炉在大罩棚下喘气冒烟,沈从文像儿时发现了可以游泳的水池一样兴奋。"当我发现了那个制铁处以后,就常常一个人跑到那里看他们工作。因此明白那个地方制铁分四项手续,第一,收买从别处担来的黄褐色原铁矿,七个小钱一斤,按分量算账。其次,把买来的原铁矿每一层矿石夹一层炭,再在上面压一大堆矿块,从下面升火让它慢慢燃。第三,等到六七天后矿已烘酥冷却,再把它同木炭放到黄泥做成可以倾侧的炉子里面去。一个人把炉旁风箱拉动,送空气进炉腹,等铁汁已熔化时,就把炉下一个泥塞子敲去,把黑色矿石渣先扒出来,再把炉倾倒,放光的白色溶液,泻出倒划成方形的沙地上,再过一会儿白汁一凝结,便成生铁板了。"

读沈从文的文字,我常常会想起后来的一些作家,譬如汪曾祺、贾平凹等,这些人的细节描写大概有沈从文的影响在里面。

但我又想到了我自己写童年时的事情,也写得很细,事实上,我并没有读过多少沈从文的作品。看来,有很多经验,是我们长期积累在心中的一些反应,和我们读过谁的作品没有关系的。

作为一个写作者,有时候,我拒绝读别人的小说,原因就是怕它们影响我的写作欲望。

好在我读书挑剔,遇到太好的,或者太不好的作品,我都会放下。

之七：姓文的秘书

还是在怀化。沈从文认识一个姓文的秘书，然后平生第一次订了报纸，叫作《申报》。

我想起我平生订阅的第一份报纸是《中学生学习报》，那时候，我念初二，参加了他们的作文比赛，我写得很长。

后来没有得奖。我在那份学习报上看到获奖人的名单，怎么找也没有找到我的名字。

后来看到了报纸的说明，才知道，有数千人参加比赛，只评出十个人。有个别作品写得也不错，但因为名额有限，接下来还说出了那几个人的名字。再接下来就开始说，也有部分作品水平一般。

于是，我看着报纸，心里难过了很久，心想，一定是我的作品写得不好了。

从那以后，我很长时间都没有写作文。

洗手翻书。这是一个好玩的细节。

沈从文认识了姓文的秘书以后,竟然发现他有两部很厚的书。有一部叫作《辞海》,里面有奇怪的字和解释。

沈从文想看,那个姓文的秘书就说,你下楼洗手去,洗完了以后再看。

是怕弄脏了书,也或许是怕弄脏了书中的某一个字,那样的话,那个字会生气的。

后来,沈从文又回到沅州。

他又找到以前住的地方去吃那里的汤圆。

竟然,他的一个上司喜欢吃蛤蟆。我不知道这里说的是青蛙还是那个蟾蜍。应该是青蛙吧,那个人,是个害虫。

不过,要说,我小时候也吃过青蛙的,所以,我们每一个人都有当害虫的潜质。

之八:《女难》

沈从文喜欢辰州的一个河滩。

那里大概泥沙均匀,适合散步。

河滩上来来回回停留的船只很多,有个别样式独特的船横在泥泞里,制造了让人联想的意境。

沈从文每一次看到都会添出一段忧愁来。

这是沈从文的一句名言:"美丽总是愁人的。"

在《女难》这篇文字里,沈从文一改过往调皮的回忆,竟然走婉约派风格,写出了很多忧伤。

在这篇文字里,照例,沈从文又写到了那个卖汤圆的老人。他和老人聊天,看看街道,忽然就感觉寂寞了。

关于寂寞的描写,沈从文的字极其排比。

"我感觉我是寂寞的。记得大白天太阳很好时,我就常常爬到墙头上看驻扎在考棚的卫队上操。有时候又跑到井边去,看人家轮流接水,看人家洗衣,看他们做豆芽菜的如何浇水进高桶里去。我坐在那井栏一看就是半天。有时来了一个挑水的老妇人,就帮着这妇人做做事,把桶递过去,把瓢递过去……"

寂寞有时候表现为自己无事可做,有时候表现出喜悦。

譬如,沈从文当时的身份已经提成了士官,可他还穿着普通的士兵服装,于是,走在街上的时候,别人还是把他当成一个普通的士兵来对待。

他心里有一股暗暗的欢喜。不过,这种欢喜持续不了多久,很快就会转变为失落或者寂寞。

寂寞可以让人沉沦,也可以让人发愤。

沈从文显然属于后者。他有时候会为自己身上的那身衣服感觉羞涩。

沈从文给自己的定位是一个读书人,他希望大家都能知道这一事实,并给他以尊敬。这一点我也是,呵呵。

于是,在经过寂寞的街道行走以后,他会回到自己的宿舍里,发愤地练习半天小楷字。

事实证明,这种发愤改变了他的一生。

人生没有什么可怕的,最可怕的就是有追求。不信,你试试。

部队生活结束以后,沈从文的职业变化很多。先是在警察局工作,负责抄写每天的处罚条例。

后来,警察局把税收的工作也接管了过来,于是,他又负责填写税单,譬如要登记每只猪抽收六百四十文的税捐,一头牛要收一千文。

也就是从那时候起,沈从文开始受到别人的款待。

对了,那个时候的沈从文的月收入是十二千文。

因为沈从文的舅父和另外的一些亲戚喜欢作诗,所以就找来沈从文替他们抄写诗歌。

时间久了,沈从文也有写诗的欲望。

十七岁那年,这个自称是乡下人的沈从文已经月收入十六千文,并吸引了众多的女孩子。

到此,我才明白,这篇文章的名字为什么叫作"女难"。是啊,是女人喜欢他,并给他的人生带来了难处。

结果,那个女孩子不过是喜欢上他的钱,骗了他的钱以后,借着战争的借口,消失了。

他的人生从此得到了教育。

在这个笔记的最后,我仍然想把沈从文的这段话做一个摘录:"假若命运不给我一些折磨,允许我就那么的把岁月送走,我想象这时节我应该在那地方做了一个小绅士,我的太太一定是个有财产的商人的女儿,我一定做了两任县知事,还一定做了四个以上孩子的父亲,而且必然还学会了吸鸦片烟。照情形看来,我的生活是应当在那么一个公式里发展的。"

是啊,生活总会有出乎意料的情节安排,这样,我们活得才有意思。

之九：常德

常德的河街又一次占据了沈从文的生活。

和沅陵的河街不同，常德的河街更长、更丰盛。

"这是一条长三五里的河街，有客栈，有花纱行，有油行，有卖船上铁锚铁链子的大铺子，有税局，有各种会馆和行庄。

"我最中意的是名为麻阳街的一段。那里一面是城墙，一面是临河而起的一排陋隘逼仄的小屋。有烟馆同面馆，有卖绳缆的铺子，有杂货字号，有屠户，有狗肉铺，门前挂满了熏干的狗肉，有铸铁锚与琢硬木活车以及贩卖小船上应用器具的小铺子……"

沈从文喜欢把气味和颜色用文字一一捕捉，那排列或者对比的句子像画笔，一下打开了我们的视野。常德，就那样荫蕴起来。

在沈从文的笔下，常德是一个叫喊的小镇。当然，他特指的也是临河的那条麻阳街。

"那街上卖糕的必敲竹梆,卖糖的必打小铜锣,这些人在引起别人的注意方法上,都知道在过街时口中唱出一种放荡的调子,同女人身体的某一些部分相关,逗人发笑。街上又常常有妇女坐在门矮凳上大哭乱骂,或者用一把菜刀在一块木板上一面砍一面骂那把鸡偷去吃了的人。"

沈从文在这条街上一天天地行走,看着别人忙碌的人生,仿佛自己得到了意义。

我希望,我抵达的常德,也会有同样的感受或者收获,那么,行走就有了特殊的意义。

那时的常德有一个有名的码头,从长沙、从汉口经常有船来。

沈从文经常像一个电影导演一样,站在那码头的一角静静地旁观那画面——拥挤的场景。

他看到学生会联想到校园,看到体面的女人会联想到闲适的人生,看到贴着上海、北京标签的箱子会联想到,这个世界每天都有不同的人过着他们异样的人生。

而他,一个乡下人,对这些大城市里来的人,多么向往和羡慕。

在常德,沈从文其实只熟悉了那一条临河的街道。

就像我们的一生也许有可能只熟悉某几座城市一样,正是这条河街上那热闹、鲜活的声音和画面,让他看到了这个世界上的一处又一处感伤。

他从那个时候开始敏感,他那一年大约十八岁,开始想象自己的将来。

常德虽然只是沈从文临时落脚的城市,却给了他相当多的营养,给了他相当多思考人生的时间。

离常德城大约九十里的地方有个叫桃源的县城,这个地方大概就是陶渊明说的桃花源吧(我私下猜测)!

桃源县的一条河里有一个奇特的景致,叫作大鱼梁。河里水充沛的时候,这个斜架在河中心的鱼梁会有大量的鱼群,它们蹦跳着在这个竹架上舞蹈。于是,就有当地人用长钩钩抓鱼,毫不费事。

看到这里,我心里想,到桃源后,我一定找找这个大鱼梁。但,据我猜测,一定是消失了的。

之十：船上

在桃源的一个小旅馆里住了四个月以后，沈从文欠下了巨额的债务（一天三毛六分钱）。

现在想一下，竟然可以住旅馆四个月不掏钱，这就是旧年代中国人的厚道。

沈从文整天在那里想办法逃脱，他甚至计划过，干脆给老板娘打短工算了，反正身上的钱也不够。

正好，这个时候，他认识了一个姓曾的朋友，他帮助沈从文做担保，说，账先欠下来，以后发财了就还上。

关于以后发财了就还的这种承诺有些荒唐，因为发财的定义很模糊。

但那个老板娘却放行了，于是，沈从文的人生体验又多了一份歉疚。

这个曾姓朋友就是他在《湘行散记》中写到的那个戴水獭皮帽子的大老板。

那时候的他大概还没有戴水獭皮帽子,年纪也还轻,大约二十五岁。可是,让沈从文羡慕并在文章中细致描述的是,这位哥们儿的艳情往事。原文大意是:他那时年纪不会过二十多岁,却已经与多名年轻女子亲近过。让沈从文感觉服气的是,当他说到这些经验时,从不显出一分自负的神气,不骄傲,不矜持。他说这是他的命运,是机缘的凑巧。从他口中说出的每个女子都仿佛各有一份不同的个性,他却只用几句最得体、最风趣的言语描出。我到后来写过许多小说,描写到某种不为人所齿及的年轻女子的轮廓,不至于失去她当然的点线,说得对,说得准确,就多数得力于这朋友的叙述。桃源县,原来不仅仅是桃花源记,更有艳遇的可能,这是沈从文文字中传递出的信息。

常德到沅陵有四百四十里,那时候交通只有水路,船行得慢,一般都要十多天。

之十一：保靖

敏感。

从常德出来，最后，沈从文和表弟落脚到了保靖。

找不到工作的他有大把的时间去细细吞咽自己的失落和郁闷。

有时候他会一个人爬山，或者躺在河边的无人的地方默默地想自己的人生。那是一种漫无边际的想象，时间像云彩一样地在天上飘，在风里飘，在自己的心事中飘来飘去。

这个时候他开始敏感起来。有一天晚上，因为几句话和表弟吵了架，已经是半夜了，他决定不和表弟睡在一起，于是爬到马厩里，睡在了马槽里。

天亮时，表弟道了歉才算完事。

一个人的他乡生活，总能让这个人快速成长起来，总能让记忆丰富起来。

终于,沈从文在保靖还是谋到了一个书记员的抄写差事。
有了工作的他,终于有了生活的依赖,性格也开始开放起来。
他又有了给别人做狗肉的兴致。
想必沈先生炖狗肉的技巧了得,他一次又一次地在自己的文章中提及。

沈从文写到了山里的狼。
保靖的郊界有山,天气好的时候,他们几个人就相伴去爬山,爬山必随身携带一根木棒,是用来防备狼的。
"我们每次到那小坡上去,总得带一大棒,就为的是恐怕被狼袭击,有木棒可以自卫。这畜生大白天见人时也并不逃跑,只静静地坐在坟头上望着你,眼睛光光的,牙齿白白的,你不惹它它也不惹你。等待你想用石头抛过去时,它却在石头近身以前,飞奔跑了。"
保靖除了有狼偷偷地吃坟里的尸体以外,还有老虎在夜里的时候下山跑到农家偷吃院子里的小猪。
每一次沈从文都听得很清晰,那老虎是从哪条路上来的,进了哪家的院子,偷了哪一头猪,然后又从哪条路上回山里去了。
所以,每一次听猪惊天动地的叫声,他们也不再过分地在意,该说话照样说话,该吃酒照旧吃酒。

保靖离永顺大概很近。

沈从文特地写到赶场时从永顺过来的船只。

那河美极了,那船只也美极了。

是啊,如果热爱生活,哪怕是平常得不能再平常的草地,看起来,也是生动的。

沈从文在保靖待了十个月之久,然后才有机会去四川。

之十二：一个大王

沈从文去四川的经历改变了中国的现代文学史。

因为，正是因为这段经历，让他写出了惊世的《边城》。

那时候，沈从文是贺龙的部下，贺龙是团长，他大概是文件收发员。

那时候部队里都流行去四川，从湘西去四川的男兵们都说，一是可以讨漂亮媳妇，二是可以捞一些银子。

沈从文在文章中写道："我所想的还不是钱、不是女人。我那时候自然是很穷的，六块钱的薪水，扣去伙食两块，每个月手中就只有四块钱，但假若有了更多的钱，我还是不会用它。得了钱除了充大爷邀请朋友上街去吃面，实在就无别的用处。"

对于女人，在《女难》中沈从文已经描写过了，他自从被女人骗过以后,就不再对女人感兴趣,相反的,他很在意上司的肯定。

最终促使沈从文入四川的原因是巫峡。

热爱行走,甚至连一条河街都不放过的沈从文怎么会错过这样的好机会呢?

"我听他们说起巫峡的大处、高处和险处、有趣味处,实在神往倾心。乡下人所想的,就正是把自己全个生命押到极危险的注上去,玩一个尽兴。"

于是,沈从文遇到了那传奇的人物:山寨大王。

有必要介绍一下,沈从文入四川时的全部家当:一双值一块二毛钱的丝袜子、半斤冰糖、旧棉袄一件、旧夹袄一件、手巾一条、夹裤一条、青毛细呢的响皮底鞋子一双、白大布单衣裤一套。另外还有值六块钱的《云麾碑》、值五块钱褚遂良的《圣教序》、值两块钱的《兰亭序》、值五块钱的虞世南《夫子庙堂碑》各一本。还有一部《李义山集》、一双自由天竺筷子、一把牙刷、一个搪瓷碗。

沈从文形容自己的全部产业时,用了一个非常美好的词语:动人。

是啊,那真是一个动人的产业,可以解决日常生活中的全部细节。

沈从文从湘西入四川的路线非常经典,值得在这里推荐一下,这一定是很好的自助游线路。

先从湖南边境的茶峒到贵州边境的松桃,又到四川边境的秀山。沈从文步行用了六天,后来到四川的龙潭。

按照现在的自行车速度,应该两三天就行了。

我有这样的试验兴趣。当然,要依靠当地的天气和现行的路况而定。

在贵州和湖南交界的地方,有一个高坡叫作"棉花岭",上去三十二里,下来三十五里。爬上去以后,可以看到一群小山,在云雾里妖娆。

离这儿不远,有一个大场,是一个牛马交易的专业市场。

不知道现在还有没有,沈从文的描述中,每一次赶场的时候到了,都会有五千牛马在那里交易,那场景一定很壮观!

离牛马场不远的地方,还有一个古寺院,照例,寺院必有古松,古松很粗,六人合抱也抱不完。

终于到了四川东边上的龙潭。龙潭因为有一个龙洞得名。

龙洞流出来一股泉水,冷如冰水,即使在炎夏季节,行人也不敢洗手洗脚,手一入水,骨节便疼痛麻木,失去知觉。

沈从文常常用一个大葫芦贮满了生水回去,用那冰水招待朋友。

沈从文年轻时对书法很有追求,曾写这两句贴在自己的房间:"胜过钟王,压倒曾李。"

大概,那个时间沈从文知道写字出名的,死了的有钟、王二人。钟是谁呢?王应该是王羲之或者王铎。活着的却有曾庆鬐和李梅庵。

在四川的时候,沈从文的月薪是九块。他不注重穿衣,喜欢吃面食,于是,衣服没有增加一件。

一次下雨了,他刚洗的衣服还没有晒干,不好意思光着身子去食堂里打饭,于是饿了半天。

这个时间,他认识了那个大王。大王叫作刘云亭,很有传奇经历。

譬如,他曾经一个人徒手打死过两百个敌人,还娶了十七位押寨夫人。有一年,在辰州的时候,大冬天有人说:"谁现在敢下水,谁不要命。"这个山大王什么话也不说,脱了衣服就跳进水里,而且还在水里游泳了一个小时。

他还是一个爱打抱不平的主儿,有谁钱包被掏了,告诉他,他一准会追回来。这个大王被沈从文部队的司令官救了一命,于是就投靠了司令。

大王天天给沈从文讲故事,有时候还给沈从文唱戏。他甚至也爱好书法,还会画两笔兰花。于是,他们两个熟悉起来。

两个人还一起去监狱里探望大王旧时的相识,一个女土匪。

后来,那大王喜欢上了一个洗衣妇。结果司令员不许,于是,大王就请假回家,想继续过自己的山大王生活,顺便也想邀请沈从文加入他占山为王的行列。

但是没有走成,大王被司令官绑了,杀了。

而沈从文从此离开了那个司令官,离开了四川,又重新回到了保靖。这种情节在沈从文的散文中并不多见,像极了小说。

自然,沈从文以后作小说,也常常会想起这个大王的。因为,他的传奇经历让沈从文认识到,人生可以庸庸碌碌、平平淡淡,也可以杀人放火、烧杀抢掠。

之十三：一个转机

从四川回到湘西之后，沈从文迷上了历史和古典画卷。

他像一块干涸的土地一样，吸收可能到来的所有水滴。

后来，他有机会进入刚办的湘西乡报馆做了校对。

那时候的沈从文不过二十岁，看到报纸上有人做好事，帮助别人，他也就模仿着，把自己的工资全都买成邮票，封进了一个信封里，另外又写了一张信笺，说明自己捐款兴学的意思，并署名为"隐名兵士"，悄悄地把信寄到上海《民国日报觉悟》编辑处，请求转交工读团。

沈从文每每想起自己偷偷做的这件事情，还总会感觉到有一种秘密的快乐。

这是一种私人的快乐。

在报馆工作不久,沈从文又被部队抽调了回去。

但很快他就被一场大病折磨,高烧得不能进食,头痛得像被斧子劈开,血一碗一碗地流。沈从文支撑了四十天,竟然活了下来。

然而就在同时,他的一位乐意同他谈论生活和理想的好友陆弢却被河里的流水冲去,淹死了。

这给了沈从文又一个教育,他想,如果自己活着还有许多事情不明白就死了,那是多么悲伤的一件事情。

于是,他向部队里的领导打报告,说要去北京读书。

沈从文的理想是,如果读书不成就去当警察,做警察也做不了的话,那就只好认输,不再做别的打算了。

沈从文真是一个天真烂漫的人,他自己身体孱弱,且性格并不外向,所以,常想象着自己能有一个不用求别人也能生活得滋润的职业,譬如警察。他的这种可爱让我想起了他同时代的豪华女人张爱玲。张爱玲年轻时也曾经有过这样烂漫的想法,看到有人受欺负,她就想自己应该嫁给警察局长做老婆,那样就可以帮助被欺负的人了。

这种性情,着实可以赞美。

沈从文进北京的路线竟然要路过郑州。那时候郑州已经是中国铁路的十字交叉口。

他的路线大致是这样的:从湘西到长沙,从长沙到汉口,从汉口到郑州,从郑州转徐州,从徐州到天津,然后,这一下走了十九天,才到达首都北京。

他被一个拉车的送到北京西河沿的一个小旅馆,并在小旅馆里用自己漂亮的虞世南体的小楷写下:沈从文年二十岁学生湖南凤凰县人。

于是,沈从文的另一个人生开始了,从此,他走进了中国现代文学史。

之十四:一个戴水獭皮帽子的朋友

沈从文喜欢这个好色的戴水獭皮帽子的朋友,用了大量的笔墨来描写这个朋友的花草逸事。

"他也可以说是一个渔人,因为他的头上戴的是一顶价值四十八元的水獭皮帽子,这顶帽子经过沿路地方时,却很能引起一些年轻娘儿们的注意。这老友是武陵(常德)地域中心春申君墓旁杰云旅馆的主人。常德、河伏、周溪、桃源,沿河近百里路以内吃四方饭的标致娘儿们,他无一不特别熟悉。"

接下来,沈从文又补充介绍这位朋友:"他二十五岁左右时,大约就有过一百个女人被他亲近过。我坐在这样一个朋友的身边,想起国内无数中学生,在国文班上很认真地读陶靖节(陶渊明)的《桃花源记》情形,真觉得十分好笑。同这样一个朋友坐了汽车到桃源去,似乎太幽默了。"

路上的风景像水墨山水画,这是值得注意的风景。

"从汽车眺望平堤远处,薄雾里错落有致的平田、房子、树木全如敷了一层蓝灰,一切极爽心悦目。"

两个人一致认为,这窗外的景致像极了沈周的画卷。

可是,船行到一半,到周溪的时候,天落了雪,夜晚也到来了。这个戴水獭皮帽子的朋友突然想起大周溪的一个长眉毛白脸庞的小女人,于是,便开始打扮自己,穿了自己随身带的崭新的绛色缎子猞猁皮马褂,从那为冰雪冻结了的大小木筏上慢慢地爬过去,谁知,大概是过于心急,他一下落了水。他一面叫着沈从文的名字,大呼自己要完了,一面挣扎着上岸。

虽然全身已经湿透,冻得浑身打战,可是他还是换上了一件新棉军服,又一次高兴地爬到岸上,到他心中惦念的女人身边睡觉去了。

沈从文在自己的文字里细致描述着这个趣人的形象,同时也表达着湘西女人的诱惑力。

作为一个读书人,沈从文有数不清的羡慕对象,譬如羡慕铁匠能打一手好铁,羡慕牧羊的人能听懂羊的叫声。

同样,沈从文也羡慕这个好色的戴水獭帽子的朋友有着丰富的人生经历。

"辰河沿岸的码头的税收,烟价,妓女的价格及白嫩程度,桐油、朱砂的出处行价,包括各个码头上管事的头目的姓名爱好,他知道的似乎比县衙门里的那些人知道的还多。"

这个时候,沈从文觉得,他应该去写作,将他自己的经历都写出来,定然有着别人没有的特殊体验。从常德到桃源坐汽车竟然很近,旧时的路和车只用一个半小时。如今,我想,会更快了吧。

之十五：桃源和沅州

唐朝以后,陶渊明被几个著名的诗人提到了嘴边,于是,他的作品开始在中国文化史上占据位置。

所以,自唐朝以来,几乎每一个文人墨客都读过那篇《桃花源记》。

这篇文章误导了多少人,让所有人以为,这个地方的人到现在仍然过着渔樵耕读不知魏晋的生活呢,以为这个地方的人都欢喜远道来的人,一见陌生人都杀鸡温酒表示欢迎。

桃源洞离桃源县二十五里,沈从文的时代,从桃源县坐小船沿沅水上行,船到白马渡时,上南岸走去,乱走一阵就到了。

和名字有所区别的是,那里的桃花并不迷人,迷人的是竹林。有的竹节粗如椽,便有许多游人在上面刻字,恩爱不已,庸俗不已的也有。更有一些摩登的人用英文刻下一些诗句。

这不由得让我想到现在的一些景区的留言墙。

桃源县有珉石，大概透明性较好，可以染成红色或者绿色，充作玉石，被琢成酒杯、笔架等物，放到玉石专卖店里，就可以卖出高价钱。

沈从文先生在这篇文字中正式地写到了后江的妓女。

他的这篇文章充分说明，我国 20 世纪二三十年代的时候，妓女的管理比较正规，甚至合法。

"另外，还有个名为后江的地方，住下无数公私不分的妓女，很认真经营她们的业务。有些人家在一个菜园平房里，有些却又住在空船上，地方虽然脏一些，但倒富有诗意。这些妇女……挖空了每个顾客的钱包，维持许多人的生活，促进地方的'繁荣'。一县之长照例是个读书人，从史籍上早知道这是人类一种最古的职业，没有郡县以前就有了她们，取缔即与风俗不合，且影响到若干人生活，因此就很正当地定一些规章制度，向这些人来抽收一种捐税，并采取了个美丽的名词叫作花捐，把这笔款项用来对一方行政、保安或城乡教育经费。"

既然桃源县是陶渊明先生所写的风雅名地，又有后江这样的政府保护的"红灯区"，所以，每一年春天，都会有一些人携带着陶渊明的诗集来到桃源县。这些人在桃源县前后行走吟咏过后，必去后江走走。由朋友或专家引导，这家那家坐坐，烧匣烟，喝杯茶。

以上的大段是沈从文先生的原文,这种细腻及开放的描写倒是和《边城》中的人性善良和正统有大不同。

除了前面沈从文顺便提到的珉石以外,桃源最有名的特产是特大号的家鸡和鸡蛋。

鸡大则蛋大,路过的人们都不信那是鸡蛋,还产生诸多笑话,只是不知道现在还有没有这样的鸡和蛋。

桃源的水路很好走,常常有那种可以坐一两人的轻划小船。轻捷、稳当、干净,在沅河中可称首屈一指。一个外省旅行者,若想到湘西的永绥、乾城、凤凰,研究湘边苗族的分布状况,或想从湘西往四川的酉阳、秀山调查桐油的生产,往贵州的铜仁调查朱砂、水银的生产,往玉屏调查竹科的种类、造箫制纸的工业生产状况,皆可在桃源县魁星阁下边雇一只这样的小船,非常方便。

那小船上的水手极有意思。

老水手是要欺负小水手的,小水手不但把老水手的手艺都学了去,连骂人的技巧也学了去,这样一代一代地往下传。

小水手拿钱很少,有些家里穷,怕孩子们饿死,不要钱的,只要能让孩子吃上东西,可以白干活的。

然而,即使是这样,船主和家长也写了字据,如果孩子被水冲走,生死由命。

于是,经常有一些孩子因为游泳技术不好,而被急流要了命去,掌舵的就把死者剩余的一点衣服交给家长,说明白落水情形后,烧几百纸钱,手续便清楚了。

我看到这里,感觉到非常悲伤。

如果桃源县由陶潜的世外桃源变成了风月之地的话,那么,接下来的屈原多次歌颂过的沅江,就是一个花香草肥之地。

屈原在《离骚》中有语"朝发汪渚兮夕宿辰阳"。沈从文从屈原的"沅有芷兮澧有兰"和"乘舲上沅"这两句话推测屈原也曾经乘坐那种小轻划子抵达过出产香花香草的沅州。

事实上,在湘西沅州不远处有一个叫白燕溪的地方,小溪谷里生芷草,到如今还随处可见。这种兰科植物生根在悬崖罅隙间,或蔓延到松树枝丫上,长叶飘拂,花朵下垂成一长串,风致楚楚。花叶形体较建兰柔和,香味较建兰淡远。游白燕溪的可坐小船去,在小船上即可伸手采摘。

我猜测,屈原的文章香气袭人,大概也得益于在沅州府久住,被香味浸泡久了的缘故。

之十六：鸭窠围的夜

新买的湖南省地图上，我没有找到鸭窠围这个地点。

湘西的夜色因了寂寞而显得神秘。

沈从文在夜里听那抛锚的声音、石头和水碰撞的声音，那是靠近岸边时的心情，总要有类似的音乐作为前奏。

要是在这夜色中待得久了，就可以看到两岸的山和半山腰挂着的楼房。

这些房子就是吊脚楼，浪费了大量木材建筑成这样的模式。大概是主人过于寂寞了，想在回家的时候看到自己的房子，可以在里面舞蹈。

这是我私下里猜想的。

停泊的船只中都有灯光,像一个又一个句子撒在书中。

沈从文写到在船中做晚饭的情景:"各个船上皆在后舱烧了火,用铁鼎罐煮饭,饭焖熟后,又换了锅子熬油,哗地把菜蔬倒进热锅里去。一切都齐全了,各人蹲在舱板上三碗五碗把腹中填满。"

做饭的细节写得极其诱人。油入锅的声音,饭焖在锅里时的气味,三碗五碗争相吃饭的情景都那么诱人。

饱暖思淫欲。那夜黑得结实,没有照明工具的那些客人或者水手不得不燃烧一段废旧的绳子,或者提了那唯珠桅灯,沿着那石头小路向半山腰的人家攀去。

越是安静,越是能听到夜里的说话声。

沈从文大概是一个人躺在湿漉漉的被窝里,他听得清晰。

停靠的船只中水手们的吵架声,吊脚楼上女人在灯光里唱小曲的声音,唱完了以后鼓掌的声音,某一户人家院子里小羊的叫声。

沈从文的耳朵被这些内容一波又一波地袭击着,最后被这一声又一声的羊的叫声击中,他的心忽然柔软起来,仿佛听懂了山谷中那一只小羊的叫喊,仿佛明白了这个世界里的寂寞不只是人才有,那水有,那石头有,那夜里叫喊不止的小羊也有。

沈从文没有像那些水手一样去借酒浇愁,也没有事先联系好相熟的女人,只好一个人在船上发呆。

"但我不能这样子打发这个长夜,我把我的想象追随到了一个唱曲时清中夹沙的妇女声音的身边去了。于是仿佛看到了一个床铺,下面是草荐,上面摊了一床用旧帆布或别的旧货做成脏而又硬的棉被,搁在床正中被单上面的是一个长方木托盘,盘中有一把小茶壶、一个小烟匣、一支烟枪、一块小石头、一盏灯。盘边躺着一个人在烧烟。唱曲子的妇人或是袖了手捏着自己的膀子站在吃烟人面前,或者靠在男子对面床头,为客人烧烟。"

沈从文的想象力像一个画家,这是一个小说家的基本功练习。他以后要写的东西,都可以在脑子里用工笔先画出来,储存在记忆里,以备将来有一天在小说中使用。

沈从文还介绍了夜晚的锣鼓声,并说明,安静的夜里有锣鼓声一定是某个人家禳土酬神让巫师帮助还愿的。"声音所在处必有火燎和九品蜡,照耀争辉,眩目火光下必有头包红布的老巫独立作旋风舞,门上架上有黄钱,平地有装满了谷米的平斗。有新宰的猪羊伏在木架上,头上插着小小五色纸旗。有行将为巫师用口把头咬下的活生公鸡,缚了双脚和翼翅,在土坛边无可奈何地躺卧。主人锅灶边则热了猪血稀粥,灶中火光熊熊。"

这场景极其神秘,像一首诗飘在那悠悠的岁月中,突然成了巫语。

夜晚说话的人一定是寂寞的。

最终,那无边的黑夜会把这些寂寞收容。

沈从文在夜色中回忆着那些色彩丰富的画面,听着那忽远忽近的声音,慢慢地入眠。

　　第二天醒来,发现那小船已经离开停泊的地方很远了。

之十七：一九三四年一月十八日

依旧是在船上的一段行走日记。

沈从文在这篇日记里不惜笔墨地介绍了多个奇特的人或者趣味的事情。

第一件事情是一个水手的死亡，大概是一只大船搁浅在滩头的激流中，"只见一个水手赤裸着全身向水中跳去，想在水中用肩背之力使船只活动，可是人一下水后，就即刻为激流带走了。在浪声哮吼里尚听到岸上人沿岸喊着，水中那一个大约也回答着一些遗嘱之类，过一会儿，人便不见了。这个滩共有九段，这件事从船上人看来，可太平常了。"

死亡是我们每一个人都会害怕，却又都会遇到的事情，可是，在水里生活的人，经常面对的就是随时能要去他们性命的激流，因此，他们活着极有挑战意义。

相比较我们这些生活在平原地带的人，他们更知道活着的意义。

接着说第二个，一个拉纤的"托尔斯泰"。

离辰州三十里的一段河滩，要靠岸的时候，船上的帆已经撕扯了下来。这个时候船有些不稳。这是1934年的春节过后，沈从文过了一阵子城里人生活了，所以来到自己的乡下，反而感觉到有些不适。他怕自己的生命有危险，于是要求在岸上找一个帮助拉纤的人，费用他出。

于是，就吸引来一个健壮的老头。

"一个老头子，牙齿已脱，白发满腮，却如古罗马战士那么健壮，光着手脚蹲在河边那个大青石上讲生意来了。两方面都大声嚷着而且辱骂着，一个要一千，一个却只出九百，相差那一百钱折合银洋约一分一厘。那方面既坚持非一千文不出卖这点力气，这一方面却以为小船根本不必多出这笔钱给一个老头子。我即或答应了不拘多少钱统由我出，船上的三个水手，一面与那老头子对骂，一面把船开到急流里去了。但小船已开出后，老头子方不再坚持那一分钱，却赶忙从大石上一跃而下，自动把背后纤板上短绳缚定了小船的竹缆，弓着腰向前走去了。待到小船业已完全上滩后，那老头就赶到船边来取钱，互相又是一阵辱骂。得了钱，那老头坐在水边大石上一五一十数着。我问他有多少年纪，他说七十七。那样子，简直就是一个'托尔斯泰'。看他那数钱神气，人快到八十了，对于生存还那么执着，这人给我的印象真是太深了。但这个人在他们弄船的人看来,是一个又老又狡猾的东西罢了。"

水边村庄依旧如画。

"小船上进长滩后,到了一个小小水村边,有母鸡生蛋的声音,有人隔河喊人的声音,两山不高而翠色迎人。许多等待修理的小船,一字排开,斜卧在岸上,有人正在一只船边敲敲打打,我知道他们正在用麻头与桐油石灰嵌进船缝里去。一个木筏上面还搁了一只小船,在平潭中溜着。忽然村中有炮仗声音,有唢呐声音,且有锣声,原来村中人正接媳妇,锣声一起,修船的、放木筏的、划船的,无不停下了工作,向锣声望去。——多美丽的一幅画图,一首诗。"

这种自然主义的绘画方式,很能诱惑人,我希望在沅陵、桃源或者常德能遇到这样的小村庄。

每次写到水,沈从文都会或多或少地抒情。这一次更为集中而婉约。

"望着汤汤的流水,我心中好像忽然彻悟了一点人生,同时又好像从这条河上,新得到了一点智慧。的的确确,这河水过去给我的是知识,如今给我的却是智慧。山头一抹淡淡的午后的阳光感动我,水底各色圆如棋子的石头也感动我。我心中似乎毫无渣滓,透明烛照,对万汇百物,对拉船人与小小船只,一切都那么爱着,十分温暖地爱着。"

这样的情怀,怎么会像20世纪30年代中国文人的作品?要知道,那时候,中国正处于水深火热之中,军阀混战,民不聊生。

而沈从文笔下的灾难却总是那么平静、自然,甚至充满了佛家的生活禅意,这是多么难得的入定和境界。

之十八:一个多情水手与一个多情妇人

我和沈从文一样,羡慕那些水手。

有的水手没有相好的情人,只好在天亮的时候诅咒那些有情人的水手。

那些个水手都是多情的,我看着沈从文的文字也觉得有趣。

"大木筏都得在天明时漂滩,正预备开头,寄宿在岸上的人已陆续下了河,与宿在筏上的水手共同开始从各处移动木料,筏上有斧斤声与大摇槌嘭嘭敲打木桩的声音。许多在吊脚楼寄宿的人,从妇人热被窝里脱身,皆在河滩大石间踉跄走着,回归船上。妇人们恩情所结,也多和衣靠在窗边,与河下人遥遥传述那种种'后会有期,各自珍重'的话语。很显然的事,这些人从昨天那点露水恩情上,已经各在那里支付分上一把眼泪与一把埋怨。想到这些眼泪与埋怨如何糅进这些人的生命中,成为生活之一部分时,使人心中柔和得很。"

这个时候,叫作牛保的多情水手依旧在他的风流乡里不舍得出来。

沈从文的船将要离开了,忽然就听到,邻居船上的水手在大叫:"牛保,牛保,不早了,开船了呀。"

许久没有人回答,于是那两个水手就又重复地大声叫喊:"牛保,牛保,你不来当真船开动了。"

再过一阵,催促就转而成为辱骂,不好听的话已上口了。

吊脚楼上的那个牛保大概被两句难听的辱骂声叫醒了,从热被窝里的女人手臂中起来,光着身子爬到窗边来答话:"宋宋,宋宋,你喊什么,天气还早咧。"

"早你的娘,人家木排全开了……"

"好兄弟,忙什么?今天到白鹿潭好好地喝一杯,天气早得很!"

"天气早得很,哼,早你的娘!"

"就算是早我的娘吧。"

叫作牛保的多情水手,光着身子爬在冬天的窗口和下面同事说话的这句台词真叫作快感。可是,我们看这些文字的时候,心灵纯净无比,丝毫没有淫念,这大概就是沈从文先生下笔时的那股冷静。

年轻时的沈从文是个爱探听别人隐私的人。

当然,这也是他的职业敏感而已,他想见见这个叫作牛保的水手。

"河岸上有个蓝布短衣青年水手,正从半山高处人家下来,到一只小船上去。因为必须从我小船边过身,故我把这人看得清清楚楚。大眼,宽脸,鼻子短,宽阔肩膊下挂着两只大手(手上还提了一个棕衣口袋,里面填得满满的),走路时肩背微微向前弯曲,看来处处皆证明这个人是一个能干得力的水手。我就冒昧地喊他,同他说话:'牛保,牛保,你玩得好。'"

那个水手竟然真的是牛保。

正在沈从文和牛保搭话的时候,吊脚楼里突然探出那个头发散乱的妇人来。

对着牛保大声喊:"牛保,牛保,我同你说的话,你记着吗?"

牛保有些担心那妇人,就大声回话:"哎哎,我记得到!……冷,你是怎么了啊,快上床去!"

妇人似乎不太理解牛保那一瞬僵硬的回话,认为牛保太理智了,一出被窝就这么生分,有些生气,说:"我等你十天,你有良心,你就来……"说着,嘭的一声就把格子窗放下了。

这一番对话,让我充分相信,身体之间的碰撞说不定才是真正的爱情。精神之恋就显得过分虚无了。

我真的被下面的细节感动了。

大概这是最平常的一些细节了,但往往动人的,就是它们。沈从文的文字在这一段并不出色,但确也不必过分修饰,最美好的情感,有时候是不需要修饰的。

"我的小船行将开时,那个青年水手牛保却跑来送了我一包核桃。我以为他是拿来卖给我的,赶快取了一张价值五角的票子给他。这人见钱只是笑。他把钱交还,把那包核桃从我手里抢了回去,说:'先生,你买我的核桃我不卖。我不是做生意的人(他把手向吊脚楼指了一下,话说得轻了些),那婊子同我要好,她送我的。送了我那么多,还有栗子、干鱼,还说了许多痴话,等我回来过年呢……'"

沈从文为了报答牛保,就随手拿了四个烟台的苹果给了他,且问他:"你回不回来过年?"

他只笑嘻嘻地把头点点,就带了那四个苹果飞奔而去。

船要开了,这个沈从文又听到隔壁船上的水手在大声骂:"牛保,牛保,你是怎么的? 我×你的妈,还不下河,我翻你的三代,还……"

听到水手的骂娘声,沈从文才明白,原来,那四个外地带来的苹果,牛保不舍得吃,就跑到吊脚楼去,送给了那妇人。沈从文猜测,那牛保一定会告诉那妇人这苹果的来源,说来说去,那妇人一定又会说一些痴情的话。

告别多情水手牛保之后,沈从文来到一个很好玩的河滩。

"在一个小滩上,因为河面太宽,小漕河水过浅,小船缆绳不够长不能拉纤,必须尽手足之力用篙撑上,我的小船一连上了五次皆被急流冲下。船头全是水。到后来想把船从对河另一处大漕走去,漂流过河时,从白浪中钻出钻进,篷上也沾了水。在大漕中又上了两次,还花钱加了个临时水手,方把这只小船弄上了滩。上过滩后,问水手是什么滩,方知道这滩的名字叫作'骂娘滩',也叫作'说野话的滩'。因为这滩实在太难上了,即使是父子弄船,一面弄船一边也互相骂各种野话,而且越骂各种野话,越容易上这个滩,所以,当地人一到这里就骂娘,长期下来,就叫作'骂娘滩'。"

这个滩在辰河,不到杨家嘴的地方。

我不知道,我去湘西,能不能找到这个地方。

既然有多情水手,那么,下面还是要介绍一下多情的妇人。

那是一个年方十九的漂亮女子,叫夭夭,却嫁了一个五十多岁的男人。这个五十岁的男人爱好抽大烟,因此,只要有人给他钱或者给他大烟抽,他就立即把床让给其他男人睡,当然,一起让的,还有夭夭。

夭夭终于还是喜欢上了一个年轻的水手,大概叫作杨金保,也或许叫牛保也说不定。

总之,沈从文并没有介绍清楚。

夭夭总是希望能天天看到那个年轻有力的水手。于是,见到船就出来看看。

但只要她出来,她的男人就在后面大叫着骂她。小妇人夭夭听到叫她,就把小嘴收敛做出一个爱娇的姿势,带着不高兴的语气自言自语说:"叫驴子又叫了,天天小婊子偷人去了,投河吊颈去了。"说着话,还咬着下唇很有情致地盯着沈从文看一眼,拉开门,就消失了。

看到这里,我不仅佩服起沈从文的自作多情,不仅仅湘女多情,男人更多情。

叫作天天的女子有故事。

这个整天被丈夫出卖的小女子,终于看上了一个水手。

那个水手只出现过一次,就再也没有来过,但那个水手仿佛答应过天天什么,或者没有,只是用眼神多看了她一眼。

但天天就一厢情愿地在那里盼望着,希望有一天那个男人带她离开这里。

当别人把天天的故事讲给沈从文听的时候,沈从文忽然沉思起来,并感慨起"命运"这个词语来。

我却从天天的故事中看到了金基德的电影《弓》,或者是张艺谋的电影《我的父亲母亲》。

难道所有的爱情故事都有这样痴情的女子?

之十九：辰河小船上的水手

在辰河行船是离开那个戴水獭皮帽子的朋友以后的事情。

水獭皮帽子的朋友在离开的时候还交代了一句那个时代的一句谚语："行船莫算，打架莫看。"

那个年代，一个水手的收入很少。

沈从文很详细地问清楚了那个小船上三个水手的收入情况，如下：

"掌舵的，我十五块钱包你这只船，你一次可以捞多少？"

"我可以捞多少？先生，我不是这只船的主人，我是个每年二百四十吊钱雇定的舵手，算起来一个月我有两块三角钱，你看看这一次我捞多少？"

"那么，大伙计，你拦头有多少？全船都亏得你，难道也是二百四十吊一年吗?"

"我弄船上行,两块六角钱一次,下行吃白饭!"

"那么,小伙计,你呢?我看你手脚还生疏得很,你昨天差点儿淹坏了。你多少钱一个月,一块钱一个月是不是?"

"十个铜子一天,✕他的娘。"

这样算来,掌舵的八分钱一天,拦头的一角三分一天,小伙计一分二厘一天。

我摘这一段收入详细的文字出来,是想让大家知道,那时候吊脚楼上的妓女们价格很低,不然的话,这些水手是没有钱消费的。

那一个掌舵的,五十三岁了,却已经有三十七年的渡河经验。

辰河一共七百里,他走了三十七年,因此,他熟悉这条河的每一寸变化。

水涨水落河道的变迁,整条河流有多少浅滩、多少深潭、多少码头、多少石头,凡是那些较大的著名的石头,他无一不能很清楚地举出它们的名称和故事。那石头上撞翻了多少只小船,谁家的孩子死了以后变得凄凉,谁的女儿守了寡,那河水上漂浮过多少多少爱情故事或者偷情的人。他无一不晓。

在河水上行走了三十多年的那个掌舵的,却一直是单身,大概也上吊脚楼不止一次地风流过,却不知道是什么原因让他远离了婚姻。

沈从文在文章中称他为古怪的人,却不知道,那条河流教会了那个舵手什么样的人生哲学。

我们永远不知道另一个人的心理成长过程,所以,我们无法了解他们的选择。

河上的船很多。

经常到一个河滩就会有小船停下来,那些个空船,没有时间的逼迫,水手们就可以到相好女人的床上作乐。

那些水手是寂寞的人,为了给楼上的女子传递信号,他们多数都会捏着嗓子用女人的声音唱起山歌,然后在滩石间快速向山上爬去。

那些女子或者正在守空房,或者正在接待其他男人,听到声音就可以提前准备。

沈从文在这船上听着这些寂寞而尖厉的歌声,突发奇想,他想掏钱让船上的水手嫖妓去,他大概是想听一听水手回来后给讲讲那妓女的细节,譬如奶子的红,譬如叫床的声音。

于是,他说:"大伙计,你是不是也想上岸去玩玩?要去就去,我这里有点零钱,要几角钱?你太累了,我请客。"

掌舵的老水手听说沈从文要请客,赶忙在旁边打边鼓儿说:"七老,你去,先生请客你就去,两吊钱先生出得起。"

两吊钱,这就是那个年代妓女的价格。

只是,那个叫七老的拦头让沈从文失望了,他上得岸去,没有找女人,而是把沈从文的钱买了橘子吃。

沈从文问他是不是做过土匪,他便一五一十地将自己当土匪的十一个月生活原本地讲给了沈从文听,沈从文收获很大,说:"我真像读了一本内容十分新奇的教科书。"

小船终于到了沈从文的终点站甫市,于是就看到排列整齐的十二只船。

有几只船,在船桅上或者竹篙上悬了一个用竹缆编成的圆圈,就像一个人把草枝插在头上站在闹市中一样,表示此船出卖。

之二十：箱子岩

我在另一篇文章叫作《泸溪·浦市·箱子岩》中找到了箱子岩的具体地址。

由沅陵沿沅水上行一百四十里，到湘西产煤炭著名地方辰溪县。其中应当经过泸溪县，计程六十里，为当日由沅陵出发上行船一个站头，且同时是洞河(泸溪)和沅水合流处。再上六十里，名叫浦市，属泸溪县管辖，一个全盛时代业已过去四十年的水码头。再上二十里到辰溪县，即辰溪入沅水处。由沅陵到辰溪的公路，多在山中盘旋，不经泸溪，不经浦市。

在许多游记上，多载及沅水流域的中段，沿河断崖绝壁古穴居人住处的遗迹，赭红木屋或仓库，说来异常动人。倘若旅行者以为这东西值得一看，就应当坐小船去。这个断崖同沅水流域许多滨河悬崖一样，都是石灰岩做成的。这个特别著名的悬崖，是在泸溪、浦市之间,名叫箱子岩。那种赭色木柜一般方形木器,现今还有三五具好好搁在崭削岩石半空石缝石罅间。这是真的原人居住遗迹,还是古代蛮人寄存骨殖的木柜,不得而知。对于它产生存在的意义,应当还有些较古的记载或传说,年代久,便遗失了。

箱子的风景很好。

"一列青黛崭削的石壁,夹江高矗,被夕阳烘炙成为一个五彩屏障。石壁半腰约百米高的石缝中,有古代巢居者的遗迹,石罅隙间横横的悬撑起无数丈大横梁,暗红色长方形大木柜尚依然好好地搁在木梁上。岩壁断折缺口处,看得见人家茅棚同水码头,上岸喝酒下船过渡人也得从这缺口通过。"

这个有着木柜子的岩就叫作箱子岩。

屈原当年被放逐到箱子岩这里,写出了绝世文章《九歌》。

这就是行走文学的开篇之作。

只是,现在的箱子岩里,不知道还有没有那红木柜。

大概箱子岩和桃源县的后江离得不远,这里的有钱人多数去后江找妓女,然后回来向同乡人炫耀,在那样一个战争的年代,人的生命总有些不能保证,因此,大家对寻欢作乐的人似乎并不讨厌。

沈从文在这篇文字中写到了一个当地的土方"辰州符"。

大概是一个打鱼的独生儿子在前线和国民党打仗的时候折了

一只腿,抬回到医院里,医生说要把一条腿锯掉。

那个时候乡下人是愚昧的,他们认为,把腿锯掉,即使是人活了下来,总是一种对身体的不尊重和伤害,于是,打鱼人就找了好多乡里人把那个受伤的独生儿子从医院里偷偷地抢了回来,然后就用当地的"辰州符"治疗起来。

竟然治好了,不用把腿锯掉了。

这个故事说得神奇,说明大自然总会有一些事情不能用科学来解释清楚。我们一个人的一生也总会有一些事情是说不清楚的,于是有人承认神的存在,相信很多传说中的神奇的事情是真的。

之二十一：五个军官和一个煤矿工人

看《湘行散记》的过程，中间也插看了其他的书籍。

譬如，我看了一本《中国古镇游》，还有早些时候购买的一本《中国国家地理》的《选美中国》特辑。

其中，那本《中国国家地理》杂志竟然介绍了贵州省的黎平镇。我看了看地图，仿佛离湘西凤凰不远。

辰溪县是一个产煤的地方。

按照沈从文先生的描述，那里似乎到处排列着黑脸的男人。仿佛和那里的庄稼、煤烟一样，是一些助词，是一些风景。

在辰溪县城的半山腰有一个悬在空中的寺庙，叫作丹山寺。大概是夕阳或者早晨的太阳照在寺庙上时有些丹红。不知道此寺庙现在是不是还存在。

寺庙临山水，照说应该香火旺盛的。

那向下流的河水在一个长潭里汇聚，那个潭大概很深，故当地人给它起了个名字叫作"斤丝潭"。嗯，不是金丝猴。

大概是说那潭水太深了，要想钓出鱼来，要一斤丝线才行，这是个夸张的说法。

沈从文有一天和五个年轻的军官在一起吃饭，听那五个年轻人讲故事。

于是，就随手写下了这篇文章。

这是一个比较传奇的文字，仿佛说一个煤矿工人用一支枪就建立了一个地方政权。

这说明，地理位置如果好了，就可以享受一种特殊的人生。

这一点，扩大开来，对我们的人生也一样。有些人即使不努力，但因为处在像矿工一样的地理位置，照样可以对付五个年轻的军官。

当然，极有可能，在人生的最后，被五个年轻军官给抓住了。

但，那是故事的结束，我们不用尽力去猜测。

之二十二：老伴

这是一篇好读的故事。老伴并非现在字面上的意思，是旧时的伙伴的意思。

因为，里面有一个女人的名字叫作小翠，而正是这个女孩，变成了《边城》里的翠翠。

开头的文字很美。

"我平日想到泸溪县时，回忆中就浸透了摇船人催橹歌声，且为印象中一点儿小雨，仿佛把心也弄湿了。这地方在我的生活中占了一个位置，提起来真使我又痛苦又快乐。"

这是促使我想细细读下去的原因，是什么样的生活情节让沈从文在这里记忆深刻，又痛苦又快乐呢？

泸溪县介于辰州与浦市两地的中间,上距离浦市六十里,下达辰州也恰好六十里。四面是山,对河的高山逼近河边。泸溪县城的位置又正好处于洞河和沅水的交汇处,因此,这是一个行船的必停之地。

然而,即便是如此重要的码头,却没有公家设定的青石停靠站,那个年代的建筑意识尚差,所以,停稳了船只以后,上岸的人群中总有不少的人被那泥泞滑倒,场景很是好看。

沈从文回忆起十七年前在泸溪过夜的情景。

因为天气的关系,许多人在白天都光着身子泡在河水里,到了晚上,就爬到泥堤上睡觉,枕头是不远处船户人家讨来的一捆稻草。

枕着稻草、光着身子过夜的情景让沈从文记忆犹新:躺在尚有些微余热的泥土上,身贴大地,脸面向天,看尾部闪放宝蓝色光辉的萤火虫匆匆促促飞过头顶。沿河是细碎人语声、蒲扇拍打声与烟杆剥剥地敲着船舷声。半夜后,天空有流星划了长长的光明下坠。滩声长流,如对历史有所陈诉埋怨。这一种夜景,实在是我终生不能忘掉的夜景。

一同行走的伙伴有十三个人。

十三个人中,有两个是沈从文要好的朋友。有一个叫沈万林的,是沈从文的同宗兄弟,也是那个戴水獭皮帽子的朋友在部队里的同事。他和他的上司打了一架,就加入了他们的行列。

另一个年纪很轻的叫作赵开明,是个独生子。他是个勇敢的孩子,因为想做将军,所以混在了部队。

这个叫作赵开明的孩子,在泸溪县城的街上转了三次,就看中了一个绒线铺的和他年龄差不多的女孩子,向沈从文借钱跑到那家绒线铺里买了三次白棉线草鞋带子,目的是想和那个女孩说话。事实上,让沈从文感到好笑的是,虽然他买了三双绒线鞋带子,可他连一双多余的草鞋也没有。

回到船上以后,赵开明就当着大家面说:"我将来若做了副官,当天赌咒,一定要回来讨那个女孩子做媳妇。"

因为连续去了三次绒线铺,沈从文知道了那个女孩的名字叫作小翠。后来,沈从文写了《边城》,那个弄渡船的外孙女翠翠的品性就是凭着这一次在泸溪县绒线铺的女孩的印象得来的。

好玩的情节接着出现。

三年以后,要去四川的路上,沈从文和赵开明一起路过泸溪县,当时天已经是半夜时分。可是,那个执拗的孩子竟然强行拉着沈从文陪他一起去拍那家绒线铺的门,又一次从那个女孩的手中买了一双鞋带子。

这个情节,现在想来,实在浪漫。

机缘巧合,沈从文和这个叫作赵开明的小伙伴,在部队又一次被分到了辰州城的某部。

沈从文做文书,而赵开明就在留守部做勤务兵。两个人一起去城外的荷塘里去给他们的顶头上司钓蛤蟆。

钓蛤蟆的时候,沈从文才知道,这个家伙,居然又偷偷跑去泸溪县城的绒线铺里买了一双鞋带子。

过了一年,沈从文和赵开明分开,他领到三个月的遣散费,离开了辰州,走到了盛产香草香花的芷江县。他的工作也变了,每天要拿个紫色的木戳,到各个屠桌边验猪羊税。

这样一分开,就是十七年。

十七年以后的一天,沈从文乘船又一次路过泸溪县,那码头的堤岸在冬天有些枯萎。石头城的样子也大有改变。

但是,那个沈从文陪着小伙伴一起去了四次的绒线铺的地址,他记得清楚。

接下来的情节,我用沈从文的原话来描述更好:"我居然没有错误,不久就走到了那绒线铺门前了。恰好有个船上人来买棉线,当他推门进去时,我紧跟着进了那个铺子。有这样稀奇的事情吗?我见到的不正是那个女孩吗?我真惊讶得说不出话来。十七年前那个小女孩就成天站在铺柜里一堵机棉纱边,两手反复交换动作挽她的棉线,目前我所见到,还是那么一个样子。难道我如浮士德一样,当真回到那个过去了吗?我认识那眼睛、鼻子和薄薄小嘴。我毫不含糊,敢肯定现在的这一个就是当年的那一个。"

这就是美好的故事情节,十七年了,那个女孩没有变化。除非有一种可能,那就是她长得太像她的母亲了。

然而,更让沈从文惊奇的是,那个女孩的父亲竟然是和他一同买鞋带子、一同钓蛤蟆的赵开明。

只是,十七年没有见面,赵开明被鸦片烟害了,成了一个老人。

虽然赵开明没有当上副官,但他还是实现了另一个愿望,就是娶小翠为妻。甚至,他还给自己的女儿取名作小翠。

这篇文字的结尾,沈从文却忽然抒情起来。之所以说他忽然,是因为他的抒情有些转折或者有些牵强。

但文字有一股婉约的美丽。

"为了这再来的春天,我有点忧郁,有点寂寞。黑暗河面起了缥缈快乐的橹歌。河中心一只商船正想靠码头停泊。歌声在黑暗中流动,从歌声里我俨然彻悟了什么。我明白'我不应当翻阅历史,温习历史'。在历史面前,谁人能够不感惆怅?"

第三辑　张爱玲八札

[第三辑　张爱玲八札]

之一：头未梳成不许看
——《对照记》阅读札记

四岁时，张爱玲和姑姑张茂渊以及侄女有一张合影，彩印版的照片中，张爱玲的上衣中间有一块渍迹，大约是照片放久了的泛黄，看来颇为生动，像张爱玲在随笔里鄙夷某事某物时并不起眼的小动作。

《对照记》中，张爱玲和姑姑的合影最多，张爱玲和姑姑的关系深过和她自己的母亲。简单的缘由，她们两个在一起住得久。张爱玲二十岁不到，从港大回到上海，张茂渊答应了张爱玲的母亲，要代她好好照顾张爱玲。

姑姑为了张爱玲曾经和自己的哥哥闹翻，被张爱玲的父亲用烟枪打伤了眼睛，在医院里缝了六针才了事。这些旧时的疼痛像一个链锁一样，将张爱玲与姑姑锁在了一起，张爱玲结婚前、离婚后，都是和姑姑一起住的。

165

张爱玲有一篇文章叫作《姑姑语录》,录音笔一样,妙,并且妙。

张爱玲第一本书出版,自己设计的封面,整张封面用孔雀蓝,没有图案,只印上黑字,没有留任何的空白。出版后给姑姑看,张茂渊说,你母亲从前也喜欢这颜色,购置的衣服全是此种颜色。张爱玲便觉得幸福,而后又矫情地说:"我就是这些不相干的地方像她,她的长处一点儿都没有,气死人。"

张爱玲有很多习惯,均和母亲有关系。她的母亲出国回来后和父亲离婚,又决定带她出国。虽然彼时张爱玲年纪尚幼,但她已经在内心暗下决心,将来若是遇到的男人负了心,也一定像母亲这样,哪怕是已经有了儿女,也要转身离开。

她之所以能把自己一部作品的全部收入给了胡兰成,而后又斩钉截铁地离开,这一点儿和她母亲离开父亲时的模样对她的影响不无关系。

《对照记》中有一张张爱玲母亲的少女时照片,竟然是缠着小脚。

张爱玲母亲是第一批出国留学的女学生,进美术学校学了油画,和徐悲鸿、蒋碧微、常书鸿熟悉,教过书,做过印度总统尼赫鲁姐姐的秘书,欧战期间做过工厂的皮包制作工人,后来,便自己买皮革做手袋销售。

有趣的是,1936 年,张爱玲的母亲绕道埃及与东南亚回国,在马来西亚买了一洋铁箱碧绿的蛇皮,预备做成皮包和皮鞋。可是上海不久便成了孤岛,她没有带上这些蛇皮便离开了。张爱玲和姑姑只好过一段时间就把这些蛇皮拿到楼顶的阳台上去暴晒,以防止那昂贵的东西发霉。一直到1945年,母亲又回国,才带走了这箱东西。

张爱玲一直关心母亲是不是把这些蛇皮做成了皮包和皮鞋,但是母亲的信中一次也没有提到,大约是放弃了。

张爱玲喜欢穿异样的服饰缘于继母的赠衣,在心理上有了阴影。继母姓孙,她的父亲孙宝琦做过段祺瑞政府的总理,是一个家底较厚的人。但遗憾的是,张爱玲的继母是个瘾君子,有个好友叫陆小曼,也是瘾君子,继母的床头就挂着陆小曼的油画。

张爱玲有两张照片是和姑姑拍的,当时张爱玲的个头已经和姑姑一般高了,姑姑对她说:"可不能再长高了。"那两张照片中的旗袍,自然是继母穿旧的衣服。

虽然料子都是好料子,但是在香港那样一个贵族学校,心里自然是受不了,以至于后来,张爱玲每每爱穿奇异的服饰,以显示自己的与众不同。

从张爱玲的身上可以看出,一个人后来最为突出的才能和爱好,多与幼时所受的伤害有关系。

张爱玲长相是随母亲的,有一张模糊的照片,大约是她在港大读书时拍的,她母亲便选了去。看《对照记》可以对比张爱玲母亲在法国时的一张照片,真像是一个人的不同年代。

这张模糊的照片,母亲去世后,张爱玲又从遗物中拿走了。

我很喜欢看张爱玲的这张照片,每一次翻到这张照片,都会久久地看,恨不能早生些年月。

新中国刚成立时,衣料都实行了供应制度,张爱玲只能穿湖色土布。一次,大约需要办一个证件,她去照相。

那个拍照的人看着她,问她:"你识字吗?"

张爱玲笑了,小声地答:"认识。"

她内心却有掩饰不住的高兴,是真正来自内心的欢喜,是为自己的装扮不像个知识分子而开心。她自然不必担心别人看轻自己,她已经过了那个心灵单薄的阶段。

她不喜欢知识分子的那种望之俨然不能举重若轻的模样,而自己在内心又明明知道自己是有些知识的,所以,当有人问她是否识字时,她没有像其他知识分子一样,恨不能一下子把研究生、博士生学历全都拿出来给人家看,而只是低下头一笑。

这样角度的张爱玲并不多见,不过,也是有过的。比如和胡兰成恋爱的时候,她称胡兰成为"我兰成",又在文章里表达孩子气,说,看到有人被警察欺负,恨不能马上嫁给警察局长,来帮助那个被欺负的人。这种种的色调已经突破了张爱玲的常态,不只有自私和苍凉,还有温暖和调皮。

张爱玲离开上海去香港的通关检查有很多个版本,《对照记》中的版本应该是最为可靠的。

检查行李的青年干部,用小刀刮她的小藤镯。问她质地,张爱玲答是包金的。

于是,那个检查的人便用小刀一下一下刮那包金镯上的雕饰,可是,旧时的中国货实在得很,包了很厚的金,刮了一下又一下,露出的依旧是金子,张爱玲的脸上自然露出心痛的表情。那个年轻人差一点就将手镯的一个蝙蝠头给刮掉了,终于刮出一点点隐约的白来,连忙说:"这位同志的脸相很诚实,她说是包金就是包金。"便放了行。

每次看到这一段,我都会联想到张爱玲的表情,她该有多紧张啊。还有,那个从五六岁就一直戴的那个手镯以后她还能戴吗?她是那么好面子的一个女人啊!

张爱玲个头的高,最初是从胡兰成的口里出来的,在胡的《今生今世》中,他极尽温柔地忆念他和张爱玲的第一次见面,他送张爱玲出门,站在她身边走的时候,说了一句:"你这么高,怎么可以?"

在《对照记》中,张爱玲三次写到自己的高,第一次就是和姑姑的合影,姑姑央告她不要再长高了。

第二次是和电影明星李香兰的合影时,她因为太高了,站在一起太不搭配,而不得不找了一张椅子坐下来,而李香兰只好站在她身边。

第三次就是从香港去美国时,她的通行照上填写的身高竟然是:6尺6寸半。我换算了一下,6.65英尺相当于2.02米,这实在是太离谱了。不过,张爱玲自己说的是5.6英尺,我算了一下,也有1.7米。

她的确是够高的。

张爱玲自然是不作诗的,即使是小说和散文中,她也极少作诗。但是《对照记》第一次出书时,她竟然补充上一张自己老朽时的照片,手持金日成去世的华文报纸微笑着。她在这张照片的旁边配了诗句:

> 人老了,大都
> 是时间的俘虏,
> 被圈禁桎足。
> 它待我还好——
> 当然随时可以撕票。

这诗是她的味道,一如她年轻时,谈恋爱,在照片的背面写下:见到他,头低低的,低到尘埃里。

她的诗句和她的小说一样,关于爱恋,关于时间和沧桑。

张爱玲自己是个天才,是个早熟的天才,然而却喜欢晚熟的天才。

这大概是个怪癖,就像她出身于一个家族史颇为辉煌的世家,却屡屡染指社会底层的写作一样。她介绍爱默生,就介绍得有趣:"爱默生在1803年生于波士顿。他早年是一个严肃的青年。他的青春与他的天才一样,都是晚熟的。他的姑母玛丽是一个不平凡的人,他很受她的影响。无疑地,她对于他的成功有很大的帮助。"读到这里,我们必须得笑了,张爱玲受姑姑的影响就很大,所以,即使是介绍作家,她也要介绍一个同样受姑姑影响大的人,好玩。

另外,张爱玲是个热爱八卦的女人,在介绍爱默生的时候,不忘记介绍爱默生的怪癖,爱默生写了五十年的日记,但多是写理论。他一生结了两次婚,而在结婚那天,都只是记下一行文字,实在是精练之至。这个世界上最深情的文字大概都应该是简练的吧。

关于情到浓时的简约和精练,张爱玲也这样试过:"噢,原来你也在这里。"

1954年,张爱玲给胡适寄了一本《秧歌》,胡适回了信,可是因为搬家的缘故,她把信的原件丢失了。所幸的是,有一个朋友代她抄写了副本。

看到这里的时候,我一直在想,她的这个朋友会是谁呢?很疑惑。

　　胡适是个认真的人，在回信中的部分内容下面，还专门用其他颜色的笔墨画上横线。不但谈看完后的感受，还在信里让张爱玲再多寄几册书与他，他推荐给朋友看。

　　张爱玲是把胡适当作偶像来看待的，幼时家里就有《胡适文存》。她父亲爱看胡适的文字，她姑姑也爱看，结果两个人闹翻以后，父亲还念念不忘姑姑拿着他的《胡适文存》未还。

　　这样的记忆积攒到成年，是一枚每遇阳光便光泽四射的珠宝，张爱玲每每会被其光泽晕眩，胡适推荐什么书，她便看什么。譬如那本《醒世姻缘》，她花了四块钱买了一套，弟弟看到爱不释手，她便送了两本与弟弟。她是从第三本看起的。后来，在香港冯平山图书馆避空难时，她发现了《醒世姻缘》，便不顾外面的炮弹轰隆隆地爆炸，当炮声越来越近的时候，她看了一下剩余的部分，对逃跑的同学说，至少等我看完了吧。

　　在美国第一次见胡适的时候，张爱玲的心态是如何的呢？她的原句是这样的："跟适之先生谈，我确是如对神明。较具体地说，是像写东西的时候停下来望着窗外一片空白的天，只想较近真实。"

　　这种感觉完全没有了她面对苏青和胡兰成时的那种自信，隐约中我读出了萧红面对鲁迅先生时的那种爱慕。又不完全是爱慕，大概还有一种稍有距离的信仰。鲁迅先生只要是对萧红笑一下，她也是觉得满心欢喜的；同样，若是鲁迅先生皱着眉头叹息一声,萧红也会由衷地难过,在心里替鲁迅疼痛和哀伤。

大约,张爱玲面对胡适之的时候,也是如此。

有一阵子,我总想着在现代文学史上给张爱玲找一个相配的男性,想来想去,郁达夫最合适。

郁达夫虽然模样不俊俏,但是他哄女孩子还是有一套的,做人也还算大方,与各个门派文人均有不错的交情。他或者可以将张爱玲从孤独的小女人情调中救出来呢。

但是,极少见到张爱玲喜欢郁达夫的文字的记录,在谈看书中,张爱玲的笔墨终于洒向了郁达夫,缘自一个词:"三底门答尔。"张爱玲仿佛很喜欢郁达夫用的这个词语。

这是郁达夫常用的一个音译词,通用的翻译是指"感伤的",后来演绎为"温情的",再后来在中文版本的词典里是"优雅的情感",再后来又被附加了新的内容:感情丰富到令人作呕的程度。这一下就转变了词语的温度和方向。

张爱玲把一些文艺作品分门别类时就用了这个词语,她自己大概也解释不了这个"三底门答尔"的宽厚内涵,只是模糊地说:"粗枝大叶举个例子。诺朵夫笔下的《叛舰喋血记》与据此所拍摄的影片都有些'三底门答尔',而密契纳的那篇《夏威夷》则不'三底门答尔'。"

张爱玲在分析这个词的意义识别时说到,中国人的个人常常被大的文化背景融化,反映在文艺作品上,往往道德观念太突出,一切情感顺理成章,沿着现成沟渠流去,不触及人性深处不可测的地方。现实生活里其实很少黑白分明,但也不一定是灰色,大都是椒盐式的。好的文艺作品里,是非黑白没有,而是包含在整个的效果内,不可分的。

这一段文字在谈论读书时出现,显得突兀又异类,但是那么剔透和晶莹。

有一次看电视新闻,大约是张家界市的看守所里犯人做了什么好事情,被表彰的那些犯人每一个人都穿着一个黄色的背心,上面写着两个大字:"张看"。这是张家界看守所的简称吧!

我当时看到这一幕就笑了,"张看",这名字有些熟悉,细想一下,是张爱玲的一本谈论读书的随笔集的名称。

张爱玲对生活的观察比较毒辣,尤其是对于食物和衣服,几乎达到过目不忘的地步。

《张看》这本集子的自序中,她多次写到别人的衣饰及吃食,譬如第一次见炎樱父亲的朋友时她注意到的对方:"穿着一套泛黄的白西装,一二十年前流行,那时候已经绝迹了的。整个像毛姆小说里流落远东或南太平洋的西方人。"

好笑的是,这个人,没有想到炎樱会带着一个朋友一起前来,顿时有些窘迫,原来,他只带了购买两张电影票的钱,他把电影票塞进了炎樱的手里,说了一句"你们进去",便匆匆告别。转身走了两步又回来,将一个纸包递给炎樱。那是他买好的两块浸透加糖鸡蛋的煎面包,用花花绿绿半透明的面包包装纸包着,外面的黄纸袋还渗出油渍来。

阅读她的序言,竟然也像阅读小说一样有趣味。她的所有的体验都来自内心和阅读,而她的阅读是用全部的感官来进行的,她看衣服的样式过目不忘,她吃过的食物的位置也都像她自己的衣物一样被她整齐地叠放在心里。

甚至连同她的手、她的耳朵。

是啊,她有一个比喻说得多好啊:交响乐是个阴谋。

张爱玲谈吃的文字是性灵派,这一点缘于她的家教。

即便是烧饼和油条这种市井通常饮食,她也能写出与众不同的味道来。烧饼是唐朝时自西域传入中原的,这一点即使是在进入 21 世纪的当下也能确证。这里所说的西域,其实相当于今中国的新疆以及新疆以西的地域。这些地方地远人稀,若是出远门,必须带足干粮,便产生了一种叫作馕的食物,传入中土后,便变成了今天的烤炉烧饼或者火烧。

油条不是一种进口的食物,但也不过是南宋以后才有的。是因为当时老百姓对奸相秦桧仇恨,而取了一种食物叫作"油炸桧",这个名字江南人多有使用。

这一点,我在文学作品中很少看到,在张爱玲的文字中,是第一次看到。

油条用来诅咒某个坏人,实在是妙不可言,因为,在民间,骂人的时候也常常这样的:"恨不能把这个坏人扔进油锅里炸了吃。"

而将一块面团扯长了,像是一个人的模样,然后放入热油锅中炸了,吃掉,的确是挺解恨的。

这样的形式,时间久了以后,诅咒的意义便被去掉了,只剩下食物的本质作用。

张爱玲写到烧饼与油条同吃的滋味,大约她自己也是尝过的。因为念书时的食堂里仿佛两样都有,读到她这样的文字终于放下心来,这个贵族出身的女孩子的少女时代,除了衣服留下了阴影,连同饮食也没有比其他孩子更优越。

她写的烧饼与油条同吃时的体验却是她自己的:"烧饼、油条同吃,由于甜咸与质地厚韧脆薄的对照,与光吃烧饼味道大不相同,这是中国人自己发明的。有人把油条塞在烧饼里吃,但是油条压扁了就又稍差,因为它里面的空气也是不可少的成分之一。"这最后一句,一定是张爱玲的私人感受。她连油条中的空气被挤压出去都不能忍受,这大概就是她的世界观和价值观了,她不放过一丝体验世界的机会,哪怕是油条中的空气。

对于食物的热爱表达了张爱玲对生活的热爱。

张爱玲第一次见到大张的紫菜:"打开来约有三尺见方,脆薄细致的深紫的纸,有点发亮,像有大波纹暗花的丝绸,微有折痕,我惊喜得叫出声来,觉得是中国人的杰作之一。"

是啊,一种藻类而已,她却惊喜得叫出声来了。

看小说中的饮食仿佛是张爱玲家庭中的传统。姑姑张茂渊曾经告诉过她:"从前相府老太太看《儒林外史》,就看个吃。"张爱玲也是看过此书中的吃,不以为然,张爱玲对《儒林外史》中的吃食印象不深,只记得一碗救了匡超人一命的绿豆汤。张爱玲的原话是这样的:"只记得每桌饭的菜单都很平实,是近代江南中最常见的菜。"

张爱玲自然喜欢《红楼梦》中的饮食多一些,譬如,她写到《红楼梦》中的鹅,有"胭脂鹅脯",张很聪明,猜测出是南方的烧腊。大概是曹雪芹家里做菜爱用鹅油,影响了曹雪芹的味觉和感觉,譬如曹雪芹写迎春的面容,是"鼻腻鹅脂"。吃的点心,也是"松瓤鹅油卷"。

而鹅则是中国饮食文化中的古风,因为古代的男人从来都是以猎雁来向女人求欢的。

关于红楼梦中的饮食,我个人记忆最深的是那道有名的茄子,用了十二只鸡来炖,自然,此茄子就像一名娶了十二房女人的男子一样,有了自己宽阔的胸怀。

让我感觉到好奇的不是红楼梦中的饮食,而是张爱玲幼时在天津常吃的鸭舌小萝卜汤,吃了无数根长长的鸭舌头。她要先咬住鸭舌头根上的一只小扁骨头,往外一抽抽出来,像拔鞋拔子。那鸭舌头的长度是鸭头的几倍,所以,在现实生活中,鸭子是一个长舌妇,个头不大,声音却亮堂得很。而张爱玲吃了那么多的鸭舌头,在少女时代包括后来的青年时代,一直都还是矜持内敛的。这实是难得得很啊。

张爱玲写文章说:"晚上不放帘子睡觉,醒来满屋子的阳光,外面有热闹的电车声音。不管这一天将有什么事发生,单这堂堂的开头已经是可爱的。"

张爱玲看到窗子外的一块破布条子,模样酷似一个小人儿,被风吹动时,那小人儿便频频作揖,像是个有一肚子的仁义礼智、王道霸道要对人说,越看越像孟子。

张爱玲对周围的事物多是这样关注的,往盐和醋里去思想,往男女大欲里去思想。张爱玲的文字和她的衣服一样,就像是她的祖母的床夹被的被面做的,她穿着这件由炎樱设计的衣服和电影明星李香兰合影,姿态优雅。

闲话两句,说一下张爱玲的爷爷奶奶。这也是一对有趣味的人。比如那本流传甚广的《孽海花》里就有她爷爷(庄伦樵)和她奶奶(李鸿章之女)的故事。然而相对于小说中的那种捕风捉影,张爱玲笔下的爷爷奶奶更生活、更趣味。

是张茂渊告诉张爱玲的:"你爷爷奶奶合写了一本食谱,我只记得一样菜,是鸡蛋吸出蛋白,而后注入鸡汤再煮。"一个生鸡蛋,要仔细地钻个麦管大小的洞,然后用嘴吸出蛋白的部分,再注入鸡汤煮熟了,那味道自然是好吃的。

听到这里,张爱玲不由得想起《红楼梦》中叫芳官吹汤小心不要溅上唾沫星子的情节。

除了写食谱之外,张爷爷和张奶奶两位趣人还合写了一本武侠小说,自费印刷了几百套,给自己的亲友们看,张爱玲也拿到过这本小说,大约叫作《紫绡记》。书中有一个女侠就叫作紫绡,故事沉闷得很,张爱玲看不下去。

我想,这大约是这本书没有流传下来的原因吧。

《对照记》里的图片像一把阳光一样,把张爱玲的房间照亮了,晾晒在我们面前。

我们不仅看到了她的故事的开始,也看到了她故事的结束。从一个三四岁的胖囡囡,到一个年逾七旬的老妇人,她用自己的文字铸造了一个又一个传奇。

之二：差一点失败的张爱玲
——《小团圆》阅读札记

1958 年上半年，《今生今世》上卷出版，胡兰成寄了一册给张爱玲。彼时的张爱玲刚到美国不久，漂泊着，看到胡兰成借着自己来抬高他，一时间不知道该如何是好，却仍然压抑自己的情绪，回了一封不动声色的信。正如她后来所说的，她从未对胡兰成出"恶声"。

在此的十年前，张爱玲还是一个为爱痴狂的少年女子，1947 年 6 月 10 日，她给胡兰成写了一封著名的绝交信："我已经不喜欢你了。你是早已不喜欢我了的……你不要来寻我，即或写信来，我亦是不看的了。"与这封信一起寄的，还有张爱玲写的电影剧本《不了情》《太太万岁》的稿酬三十万元。

可以说，张爱玲这一个华丽的转身，打动了后世的不知多少文艺男女。如果张爱玲能一辈子都保持着这样一个骄傲的姿势，忠于自己的内心,一旦不爱了,便不再纠缠,那么,她将会成为一个被神话的传奇。

在胡兰成的《今生今世》里,有对张爱玲最为拔高的评价:"因为懂得,所以慈悲。"而张爱玲对胡兰成的慈悲只局限于三十岁之前。1952年,三十岁的张爱玲辗转至香港,在一个新闻中心做翻译。快节奏的物质生活,让她的人生观发生了较大的变化。内心保存完整的那份感情,在她自己的感觉里一点点褪色。十年前那卓绝转身的优雅不见了,替代的是对过去自己痴傻的后悔。

那个男人并不值得自己如此专情。

就像当年穿着一身继母的不合身的衣服留下了阴影一般,胡兰成成了张爱玲那身旗袍上的米粒子,需要低下头竭力弹去。正是在这样一个让她感觉后悔的时刻,胡兰成从香港寄来了《今生今世》的上卷,虽然文字里尽是些好话,但这已经伤害了张爱玲。因为,那些私密的话语在特定的环境里说出来,带着难以示人的体温,如今被胡兰成挂着鞭炮渲染出来,每每想来,张爱玲都会觉得这是一件顶丢人的事情。

大约是从这个时候起,张爱玲便开始构思起《小团圆》,这在她与宋淇的通信里,也可以看出一二:"我写《小团圆》并不是为了发泄出气,我一直认为最好的材料是你最深知的材料……"

胡兰成,这个从身体到语言都已经被张爱玲消化过的男人,自然是张爱玲最为熟悉的材料。如果阅读过胡兰成的《今生今世》,那么再来对比阅读《小团圆》,就会发现,胡兰成写的所有情节,皆有其事。张爱玲用自己的笔为胡兰成申了冤，胡兰成并没有意淫张爱玲，而不过是在一个不合适的时机，消费了张爱玲而已。

从小说的角度来说，《小团圆》是一部失败之作，已经五十多岁的张爱玲，写过多部长篇小说的张爱玲，在写作自传体小说，竟然不懂得详略得当，结构臃肿得让人困顿不说，对语言辞藻的嗜好一点儿不减当年。如果不是以前就写好，那么，张爱玲的这篇文字简直是重回20世纪40年代。张爱玲几乎是在用自己过去的腔调，讲述自己过去的一段经历。身世也罢，爱情也罢，都不过是一个苍白的姿势。

但不论如何，张爱玲在公众生活里，却始终没有撕下自己伪装的面孔，不管在内心如何挣扎，如何在书信里恶意地嘲讽胡氏，但她毕竟没有连载出版此小说。在晚年的时候，甚至想销毁《小团圆》，以示自己从被胡兰成的伤害里解脱了。斯人已逝，恨便也减半。

若是张在有生之年出版这部作品，那么，她便是失败了。她就像一个做错事的孩子，当所有的人都已经忘记了的时候，她竟然还在多年以后，证明自己当初可以做好这件事情。好在这本书是她逝世后出版，翻读这本书，我觉得，张爱玲，你差一点就失败了。

之三：张爱玲寻夫记
——《异乡记》阅读札记

历史真是无法仔细打量,那个叫张爱玲的女人,那个一下笔整个上海滩都会疯狂抢着看的民国女人,在1946年的春运期间,竟开始了长途跋涉,去温州看胡兰成。

那一路的尘与土、云和月,现在看来多么寒冷、落魄,然而,在她这里却是饱满着欢喜。看到河流,她便会想着那是胡兰成也曾看过的地方;看到饭馆,便会停下来买些吃的,边吃边想,这也是胡兰成停歇过的地方;甚至看到旅馆旧楼梯的雕刻都会凭空生出些爱怜,觉得那楼梯拐角处随意摆放的菩萨模样也善良好看。

《异乡记》便是在这样的背景下写的日记。时间让张爱玲那些乒乓的心跳慢慢暗淡。时间过去了六十年,再来回首看张爱玲的这一段旅行笔记,像极了一个社会学田野调查。只是,比起社会学样本,多了些形容词。

"中国人的旅行永远属于野餐性质,一路吃过去,一站有一站的特产,兰花豆腐干、酱麻雀、粽子。饶这样,近门口立着的一对男女还在那里幽幽地、回味无穷地谈到吃。"

这是关于1946年的火车站的零食的特点,和现在相比较,差别并不大。

再来接着看:"无奈这查票的执意不肯通融,两人磨得舌敝唇焦,军人终于花了六百块钱补了一张三等票。等查票的一走开,他便骂骂咧咧起来:'妈的!到杭州——揍!到杭州是俺们的天下了,揍这小子。'"这是六十年前的一个当兵的逃票的情形,和如今的情形,多么类似啊。

然而,交通状况还是差别很大。今天的春运虽然一票难求,但毕竟还是干净有序,且道路是通畅的。来看那时的火车车厢里的情形吧:"到永里去的小火车,本是个货车,乘客便胡乱坐在地下。可是有一个军官非常会享福,带了只摇椅到火车上来,他躺在上面,拥着簇新的一条棉被,湖绿绉纱被面,粉红柳条绒布里子。火车摇得他不大对劲的时候,更有贴身服侍的一个年轻女人在旁推送。"这个情形在今天是不可能见到了。

虽然是千里寻夫,但是在杭州,张爱玲还是随朋友游了一下西湖。六十年前的西湖又是一番怎样的情形呢:"船划到平湖秋月——或者是三潭印月——看上去仿佛是新铲出来的一个土坡子,可能是兆丰公园里割下来的一斜条土地。上面一排排生着小小的树,一律都向水边歪着。正中一座似庙非庙的房屋,朱红柱子。船靠了岸,闵先生他们立刻隐没在朱红柱子的回廊里,大约是去小便。我站在渡头上,简直觉得我们普天之下为什么偏要到这样的一个地方来。"

西湖千年来都是小资产阶级女人喜欢的地方,然而,因为一个人的形单影只,风景便也显得无趣起来。

然而,张爱玲也算是用社会学家的笔墨介绍了一下这个六十年前的旅游景点。

比起停留,只要是在路上的时光,张爱玲记录得便有些欢快了。哪怕是又苦又饿又冷又累,她也不会忘记提醒自己,马上要见到胡兰成了。

在半路上,借宿在一户人家那里,看那家全家都忙活着做年糕吃,主人家的女人和张爱玲聊天,人家打听张爱玲的个人史,照例是不能告诉别人实情的。张爱玲自己是准备好了一个故事的:"我是一个小公务员的女人,上×城去探亲去的。"在这个故事里,张爱玲的年纪要说得大一些,这样符合编排故事的人物身份。可是,当人家问张爱玲年纪的时候,她还是不愿意说原来就商量好的年龄——三十岁,而是耍小聪明地答复对方说,二十九岁。人家便夸她长得年轻,看不出有二十九岁了,张爱玲呢:"这使我感到非常满足。"

这部《异乡记》是一个没有写完的手稿,全部的字数不过三万字。然而，这三万字却勾勒出20世纪40年代中期江浙一带的社会风情，除了夹杂着张爱玲寻夫的小心思之外，我更多地了解到了一个旧年代的旅行见闻：短距离的火车座位票价格要六百元，一个荷包鸡蛋价格两百元（这个价格有些欺生），一碗肉丝汤面一百八，没有蹲坑的茅厕、厚道老实地卖黑芝麻糖的老人、给孩子买描花小灯笼的轿夫……

最好玩的是，这部《异乡记》竟然拿出整整一个小节来描写"杀猪的过程"。还有一个小节呢，完整地描写了一个"40年代中期的婚礼"，竟然大抵有些现代化了，有证婚人入席、主婚人入席。所有这些，都是田野调查的社会学写作范例。

宋以朗（张爱玲著作权继承人）在《异乡记》的序言里说得很清楚："《异乡记》的自传性质是显而易见的，甚至连角色名字也引人遐想。例如叙事者沈太太长途中跋涉要去见的人叫'拉尼'，相信就是'Lanny'的音译，不禁令人联想起胡兰成的'Lancheng'。又如第八章写参观婚礼，那新郎就叫'菊生'，似乎暗指'兰成'及其小名'蕊生'。"

其实，这段文字里宋以朗却犯了一个错，那便是，他并不熟读张爱玲的作品，尤其是散文随笔作品。在张爱玲和胡兰成谈恋爱期间，张爱玲有一个好友叫炎樱，张爱玲不知不觉地学着胡兰成的语气说话，会说出"我兰成"一类的话，于是得到炎樱送的一个诨号："你兰成"或"兰你"。而"兰你"特指胡兰成，"兰你"自然也是可以谐音写成"拉尼"的。

一路上尘土飞扬,也没有覆住张爱玲的喜悦,见到胡兰成,她兴奋极了,说出的话戏词一样经得起传唱:"我从诸暨丽水来,路上想着这是你走过的,及在船上望得见温州城了,想你就住在那里,这温州城就含有宝珠在放光。"然而,得到的回答,竟然是胡兰成窘迫而粗气地叫嚣:"你来这里做什么?还不快回去!"

事情的经过我们多是知道的,胡兰成背了信,弃了义。他是一个抵抗寂寞能力很弱的人,每到一个地方,必须找个女人取暖。在温州,胡兰成与范秀美同居,以夫妻的名义,他有了一个新名字,叫作张牵。

这名字多煽情啊,再辅以他委婉的描述:当时的胡兰成被全国通缉,他和范秀美只有假扮夫妻才能掩人耳目,他自然是不爱范秀美的,只是感激她的深明大义。

张爱玲听信了胡兰成的话,为了不打扰胡兰成在当地的安全,以胡兰成表妹的名义住在温州城中公园旁的一家旅馆里。胡兰成白天去陪张爱玲,晚上去陪范秀美。有一天,两个人说起了过去、未来,一时间不知所终,抱头痛哭。生性多情的胡兰成既不愿意委屈了张爱玲,也不愿意放弃了在武汉的小周。

张爱玲能容忍胡兰成以"张牵"的名字和范秀美假结婚,却不能容忍在想念她的同时,还想着一个十七岁的小护士。她逼着胡兰成做选择,说:"你说最好的东西是不可选择的,我完全懂得。你与我结婚时,婚帖下写下'愿岁月静好,现世安稳',你何曾给我安稳?在我和小周之间,还是要你做出选择。你说我无理也罢。"然而胡兰成又是一腔巧言:"我待你,天上地下,无有得比较。若选择,不但与你是委屈,亦对不起小周。"张爱玲觉得自己一腔的辛苦来到这里,换来的并不是自己想要的珍惜,无比哀伤,说:"你是到底不肯。我想过,我倘使不得不离开你,亦不致寻短见,亦不能再爱别人,我将只是萎谢了。"

　　结局自然是一个,张爱玲一个人孤独地离开。那年张爱玲二十四岁,刚刚好的年纪,却从此以后在文字里植下一个又一个苍凉的手势,想来也和这一年的经历有关。

之四：泪流满面的张爱玲
——《张爱玲私语录》阅读札记

张爱玲是一个轻度自闭症患者,这源自她幼年的一段特殊经历。

她的日常生活近乎传奇,除了写作,她几乎很少参与社会生活。在她以写小说出名之前,她的工作经历为零。她有的,是个体的经验史和丰富的阅读史。

张爱玲晚年给邝文美写信还说,她不是一个思乡的人。这仍然源自她幼年的自闭,她只对合乎她气息的人开放她自己。哪怕是她亲生的弟弟,若是不能懂她,也是陌生的。张爱玲的一生,对他人极少打开自己,男人只有过两次,均以结婚为目的,而同性,也为数不多,炎樱是一个,邝文美是一个。而与炎樱的友谊更多是少女时的单纯,不夹杂生存的琐碎;邝文美则不同,是一段婚姻过后,在人生最窘迫的时候遇到的一束光。虽然一开始彼此都矜持不已,但是,没有人会拒绝来自对方不设防的关爱。

这才有了张爱玲和邝文美、宋淇夫妇四十年间不断的通信往来。

打开这册《张爱玲私语录》,翻到第 133 页,张爱玲给邝文美的第一封信,1955 年 10 月 25 日,她这样写道:"……别后我一路哭回房中,和上次离开香港的快乐刚巧相反,现在写到这里也还是眼泪汪汪起来。"

这种形象的张爱玲,于大陆的读者,的确太陌生了。

她是一个做着天才梦的女人,是一个有着中国最显赫家世的女作家,是一个爱起来不管不顾的烈女人,是一个恨起来绝不纠缠的奇女人。然而,却也有这种世俗女人的种种情感样态,比如和友人分开后,哭着跑回舱里。

这感情却也不是一朝一夕建筑起来的。张爱玲 1956 年 10 月 16 日致信邝文美,要她将一件黑色布料的旗袍的臀部放大,还画了一张旗袍的图片,具体要求是:"请叫他改滚周身一道湖色窄边。"正是在这封信里,她讨好邝文美,因为她对衣服的审美总是不断地变化,总想让一件衣服更完美一些:"我自己想想,也不好意思开口,左改右改,搅得你头昏脑涨。也是因为你一向脾气太像天使似的,使我越发啰唆不休。但这次绝对是最后一次。……我想到你们的时候,毫无意见,仅只是你们的影子在眼前掠过,每天总有一两次。希望你这一向没有不舒服,家里大小平安,愉快的事层出不穷,访客改期不来。"

"访客不来",在张爱玲眼里竟然和"愉快的事情层出不穷"并列等同,可见她的自闭。不仅仅如此,早在上海期间,张爱玲以"梁京"为笔名在《亦报》连载她的长篇《十八春》,结果有一个汪姓女读者,因为感慨小说中"顾曼桢"的遭遇和她的一模一样,痴迷纠缠,从报社编辑那里软磨来了张爱玲的地址,便找到了张爱玲的家,非要见面。这让从不见陌生读者的张爱玲受了惊吓,幸好当时张爱玲和姑姑一起住,由姑姑张茂渊出去打发了那痴情读者。在这册《张爱玲私语录》里,邝文美在记录张爱玲谈论女人的时候,第一句便是说这件事情:"差不多所有的人我都同情,可是有些我很不赞成。如'汪小姐'哭着要见我,我知道自己没法应付,始终不肯见她。"

不和喜欢自己作品的读者见面,除了姑姑和香港大学的同学炎樱,她几乎没有再向朋友打开过自己,邝文美是张爱玲最长也是最后的同性朋友。

刚到香港的时候,邝文美和张爱玲最谈得来,几乎每天都会去公寓看望张爱玲,一则关心她的起居诸事,再则也聊些天南海北的见闻,供张爱玲写作做素材用。彼时,邝文美已经育一子一女,家事颇累。宋淇在《私语张爱玲》中写道:"我们时常抽空去看望她,天南地北地闲聊一阵,以解她创作时不如意的寂寞和痛苦。有时我工作太忙,文美就独自去。她们很投缘,碰在一起总有谈不完的话。但不是谈论得多么起劲,到了七点多钟,爱玲一定催她回家,后来还索性赠她'我的八点钟灰姑娘'的雅号,好让她每晚和家人聚天伦之乐。"

"八点钟的灰姑娘",这的确是舒适又亲切的称谓,甚至都有些暧昧了。

到美国之后不久,张爱玲遇到赖雅,1956 年 8 月 14 日结婚,五天后,张爱玲写信给邝文美:"'这婚姻说不上明智,但充满热情'。详细情形以后再告诉你,总之我很快乐和满意。"

张爱玲将自己的婚事第一时间写信告诉自己的热情听众,而且就在同一封信里跟邝文美要旗袍,这多少有些撒娇的成分。

《张爱玲私语录》将一个私隐的张爱玲形象就这样一点点刻摹出来,那个在书信里不停画着旗袍样子的女人,那个有些小迷信的女人,那个写字喜欢用钢笔的女人,那个离开了友人也会泪流满面的女人,她不是别人,正是传奇的张爱玲。

之五：病人张爱玲
——《张爱玲庄信正通信集》阅读札记

张爱玲第一次让庄信正租房子，大体的要求如下：一个标准间即可，有卫浴和厨房，厨房呢，也不一定非得占一间；要离上班的地方近；房子要新，要干净；最好有床，其他都可以没有。

这个时候的张爱玲已经有了洁癖，她害怕一切虫子，和她的皮肤时常过敏有关系。

张爱玲和庄信正相识得偶然，是因为庄信正要去一所私立大学任教，而他所在的加州大学需要一个老师来补空缺。他本来是想请夏志清帮忙，夏志清没有时间，就推荐了当时经济正困顿的张爱玲。

当时张爱玲结婚了十一年的丈夫赖雅离世不久，久病在床的赖雅几乎掏空了张爱玲的储蓄。在美国期间，张爱玲和自己的姑姑与弟弟联系很少，也和她长期居无定所，身体多病，经济窘迫有些微关系。

张爱玲与庄信正的交往正是由这样的书信开始,从1966年6月末的一封信,至1994年的最后一封信,两个人通信达三十年。

通信集最好玩的部分是庄信正的注释,比如,第一次给张爱玲租房子。庄信正找了两处,一处房租便宜一些,但有些旧,这并不符合张爱玲的要求。还有一处呢,房子稍大了一些,是一房一厅,很干净。但有一个问题,同一栋房子里住着顾孟馀夫妇。顾孟馀呢,又恰恰早些年与汪精卫是同事,可能和胡兰成也相识。所以怕日后张爱玲怪罪,就在信里向张爱玲说明白了。张爱玲呢,却并不介意,毕竟时过境迁,且与顾氏夫妇素不相识,就选择了这间一房一厅。

交往的最初,无非是一些生活上的交流,比如张爱玲热爱熬夜写作,而又怕停电。庄信正便会买一些蜡烛让她储存起来。

但是,因为接近张爱玲的缘故,也有说不出的好处。比如1970年3月18日这天,张爱玲写了一个字条给庄信正:"信正,我昨天忘了说,收到你妹妹同事的名字请写张明信片来,省得打电话的工夫——实在是忙,你也忙。"这封信里,张爱玲所说的庄信正妹妹的同事,叫杨荣华,同在台北市南港国中教书。暑假的时候,庄信正可能回了台北一趟,认识了杨荣华,竟然,杨荣华是张爱玲的粉丝,这让庄信正有一种说不出的自豪感。回到美国以后,庄信正便买了张爱玲的《流言》和《半生缘》寄给张爱玲,替杨荣华求签名。

果然,第二年,庄信正便和杨荣华结婚了。张爱玲无意中还做了一次红娘,甚至庄信正夫妇的定情物,是张爱玲的两本签名书。

然而,张爱玲是一个对环境和人事都十分挑剔的人,她从不妥协,所以在加州大学的差事并没有做久,1971年6月底便结束了在加大的研究工作。1972年5月时又托庄信正帮她租房,这一次,她搬到庄信正所在的城市洛杉矶。这一次,张爱玲住得非常久,一直到1983年才搬离。

1973年8月16日,张爱玲第一次在信中写到自己的疾病,因为长期失眠,她不得不大量服用安眠药,从而有些副作用,比如耳鸣之类。在信里,她告诉庄信正要去看耳朵。

这期间因为庄信正工作的调动,通信较少,但是张爱玲有很多话还是会对庄信正说,关于有人恶评《色·戒》这部小说的事情,关于唐文标私下占有张爱玲作品的版权,等等。甚至在1982年圣诞节前两天用特快专递寄快件给庄信正,告知庄在哈佛大学做访问的北京大学教授乐黛云托人请她回国访问,她回绝了。还有她的姑姑,那位对她影响至深的大家闺秀,终于在七十八岁高龄的时候,与意中人李开弟结婚。

除了给张爱玲代买纽约书评或台湾的报纸杂志之外,偶尔,庄信正也会凭着自己的兴趣给张爱玲买一些时髦新出的小说。1983年4月25日,张爱玲回信给庄说:"默多克是我看不进去的名作家之一,以后千万不要再给我。白扔了可惜。"

可能是说完以后就想将书扔掉,但又在整理东西时翻了一页,竟然看进去了。很好玩的是,过了不久,在6月6日这天回庄信正的信时又纠正了自己的观点:"又收到书,上次我说默多克看不进去,结果发现可读性很高,倒先看完这本。以前翻看过一本她的书,不知怎么看走了眼。又在看牙齿。"

牙齿和皮肤病从 1983 年开始,便成了她的两个日常生活的敌人,比起失眠症来得更猛烈。在不久后给杨荣华寄赠签名照片的一封信里,张爱玲又说起自己的疾病:"牙齿好容易又看完了,倒是一直不疼,至多隐隐作痛,不过麻烦,头痛。"

1983 年 10 月 26 日,张爱玲的牙医退休了,而她所住了十年的公寓发现了虫子和跳蚤,她选择搬家,从此以后,她开始了十年的搬家生涯。

这次搬家的张爱玲,经济依然并不宽绰,在 11 月 5 日致庄信正的信里写道:"找到的房子其实于我也不合适,太讲究了点,有冷气而没有家具。我喜欢空旷,想买一两件塑胶铜管桌椅橱,但是这种最普通的廉价家具似乎停制了。真是买不到,再想法子凑合着,不预备花钱布置。"不仅如此,新租房子,房东怕客人交不起房租半路跑了,还要找人担保,万般无奈,张爱玲只好填了夏志清和庄信正的名字。这不由得让我们想起 20 世纪 90 年代初的北京、上海等地的租房情形。

搬家最厉害的时候,张爱玲曾经一天换一个汽车旅馆。所以,这样搬来搬去,她的东西扔得差不多了。因为搬得太勤了,只好把自己的东西存在某处,直到确定不搬了,再取回。在 1984 年 1 月 22 日致庄信正里,她写到了这样的状态:"……从对话节起,差不多一天换个汽车旅馆,一路扔衣服鞋袜箱子,搜购最便宜的补上,累倒了感冒一星期,迄今未痊愈。还幸而新近宋淇替我高价卖掉《倾城之恋》电影版权,许鞍华导演……如果算了,再去找房子,一星期内会猖獗得需要时刻大量喷射,生活睡眠在毒雾中,也与健康有害……"

她此时对环境的要求以及对虫子的敏感已经到了忍无可忍的地步了。到什么地步呢?发现自己的箱子底有虫子,会直接将箱子丢掉。

庄信正收到信以后,发现没有回信的地址,又看到张爱玲累倒了,很是关心,找了自己的朋友林式同,代他来帮助张爱玲租房子。而张爱玲呢,此时的身体多处发病,在 1984 年 4 月 4 日的回信里,她写道:"我这大概是因为皮肤干燥,都怪我一直搽冷霜之类,认为皮肤也需要呼吸、透气。在看皮肤科医生,叫搽一种润肤膏,倒是避跳蚤,两星期后又失效——它们适应了。脚肿得厉害,内科医生查出是血管的毛病,治好了又大块脱皮,久不收口,要消炎,等等。又在看牙齿,除了蛀牙,有只牙被新装的假牙挤得搬位,空出个缺口,像缺只牙。牙医生说是从来没有的怪事。我忍不住说了声,我是有时候有这些怪事。"

给庄信正的信发完了,又给夏志清写信,只用一个词:百病俱发。

关于脚肿得厉害,林式同曾在一篇《有缘得识张爱玲》文字里记述他三次见到张爱玲,发现她都是穿浴室用的拖鞋。正是她脚肿得厉害的时候。

而正是这一次帮助张爱玲租房子,林式同和张爱玲有很长时间的交往,张爱玲很是感激林式同的一贯的帮助,最后让林式同做自己的遗嘱执行人。

1984年起,张爱玲开始不停地搬家,奔波,杀虫,应付自己的牙疼、皮肤病以及头痛。

1985年10月,刚从外地出差回来的庄信正,收到台湾《中国时报》,在"人间版"看到水晶的一篇标题为《张爱玲病了!》的文章,大惊,又看内容,才知道是关于张爱玲搬家、杀虫子的事情,于是给张爱玲写信,让她给宋淇写信说明,并公开发表,省得一些研究者猜测。

1988年,台湾女记者戴文采租居在张爱玲隔壁的公寓,通过捡拾张爱玲的垃圾打探她的消息,甚至还写了一篇《华丽缘——我的邻居张爱玲》。这种疯狂的举动吓到了张爱玲,也受到了一些张爱玲研究者的批评,其中包括《中国时报》的"人间版"主编季季,拒绝发表这篇投稿。

然而,这种八卦的写作方式毕竟挡不住,不久,戴文采的文章便在美国的一份报纸上发表了。

不过尽管庄信正在信里表示了强烈的抗议,其实看到稿子以后,张爱玲倒是并不生气的。她本身也是一个喜欢猎奇通俗读物的人,尽管她的创作被一些研究者和纯文学领域看重,但是,从内心,她并不喜欢学究气息的人。

所以，在那封回信里，张爱玲并没有大说特说，只是简略带过："'我的邻居'我也只跳着看了看大致内容。总算没登在《中国时报》上。得便请代向季季道谢。"

就这么一句，已经说明了她的态度，她并没有刻意地责怪作者写了她的什么坏话。

但，又因为之前，这些友好的人对这样的事情如此义愤，她也只好做顺水的人情，表示道谢。

疾病呢，并没有好转。失眠症仍在继续。

张爱玲给姑姑的信里说到自己因为晚上睡眠不好，白天走路的时候精力不济，总是会撞到人，或被别人撞倒。1985 年 3 月，她在大街上被一个中南美洲的男子撞倒在地：右肩骨裂。

1989 年 5 月 20 日在致庄信正的信里又说到自己的胳膊受伤，不能写太多字。因为房子里发现蟑螂，连邮件也不敢收，所以劝庄信正和杨荣华暂时不要寄东西给她，她怕有虫子带进来，如果烧掉，又拂了杨荣华的一片心意。

1994 年，张爱玲在病中依然给庄信正复信，那是她回复庄信正的最后一封信，写信时的身体状况是这样的："我这些时一直是各种不致使的老毛病不断加剧，一天忙到晚服侍自己，占掉全部时间，工作停顿已久，非常焦灼，不但没心思写信，只看报和电视。"

合上书，一下子吃惊起来，1994 年啊，我已经念了高三，看完了张爱玲的一本《十八春》，而她还在世界上的某个旅馆里生着病，孤独一如她的十五岁，那么传奇。

张爱玲,十五岁的时候,在一篇文章里写道:生命是袭华美的袍,里面爬满了虱子。

命运真是和她开尽了玩笑,在她生命的最后二十年,她几乎是在和生命里的这些虱子做斗争。

之六：出国前的张爱玲
——陈子善《沉香谭屑》阅读札记

张爱玲在给邝文美的通信中，曾经就一件衣服的改大改小说了几次。事情虽然细小，也测试出张爱玲是一个对衣服十分在意的人。张爱玲年轻时热爱奇装异服，曾轰动上海滩。最传奇的莫过于，将奶奶用过的被面布料裁成了一件旗袍，穿在身上。

陈子善在《沉香谭屑》一书里，关注了抗日战争胜利之后以及出国之前的张爱玲。他发现，张爱玲曾想和她的好友炎樱合伙开一个服装店。1945年4月第十五卷第一期《杂志》曾经为张爱玲做了一条小广告："张爱玲将与其文友炎樱创办一时装设计社，专为人设计服装。"炎樱就是那个在香港炮火声里拉着张爱玲逃跑的同学，有着很好的绘画基础。张爱玲的书常常由她来设计封面。炎樱有一个妹妹，大约有闲，想和姐姐一起开一个服装店，炎樱拉张爱玲做股东。炎樱的妹妹问她，张爱玲能做什么呢？张爱玲想了一下，大概也只能写一些广告文案之类的。所以，就写了这篇《炎樱衣谱》。

然而，接下来的事情非常繁杂，日本战败，胡兰成逃至温州。受媒体的影响，张爱玲成为被批判的女"汉奸"，受此环境影响，别说开服装设计店铺了，就是作品也写不出。

张爱玲喜欢上海的一些小报，她的小说也受益于这些小报的滋养，那些生动且充满世俗意味的新闻经由她的笔，便成了一篇又一篇世相冷暖的小说。然而，也是这些小报，造她的谣。陈子善在《一九四五至一九四九年间的张爱玲》一文里写到一则诬蔑张爱玲的报道。报纸的名字为《海派周刊》，发表的时间为1946年3月30日，署名为"爱读"，新闻的标题竟然是《张爱玲做吉普女郎》，报道的结尾是这样写的："前些时日，有人看见张爱玲浓妆艳抹，坐在吉普车上。也有人看见她挽住一个美国军官，在大光明看电影。不知真相的人，一定以为她也做吉普女郎了。其实，像她那么英文流利的人有一两个美国军官做朋友有什么稀奇呢？"

尽管在文坛里有包括共产党在内的人帮着张爱玲说话，张爱玲的一个粉丝叫作龚之方，帮助张爱玲重印《传奇》这部集子，在这部增订本的《传奇》序言里，张爱玲仍不放过自我辩解的机会。她在《有几句话同读者说》里写道："我所写的文章从来没有涉及政治，也没有拿过任何津贴……和某某恋爱也纯属私人生活，也还涉及不到我是否有汉奸嫌疑的问题，何况私人的事本来用不着向大众剖白，除了对自己家的家长之外，仿佛我没有解释的义务。"

对张爱玲写作影响最大的，依然是胡兰成。1947年，张爱玲只身上路去温州看望胡兰成，路上的诸多见闻在已经出版的未完稿《异乡记》里，均有详细的交代。

在《张爱玲·司马文侦·袁殊》一文里，陈子善将《杂志》的幕后老板袁殊挖掘了出来，这个人可真是文艺界的"余则成"，奉共产党的命令潜伏在汪伪政府。正是他在汪伪内部，才清楚地知道，张爱玲虽然和胡兰成谈了一场轰动的恋爱，本人却并不关心政治，而是一个写作的天才。所以，在张爱玲受到"汉奸"等言论暴力时，袁殊却在幕后帮助了张爱玲。

陈子善在这篇文字里整理了许多与张爱玲有关的信息，比如，上海市作协的前身——"上海文艺作家协会"于1947年5月4日成立，张爱玲在此时被接纳入会，不仅如此，还同周瘦鹃、范烟桥、严独鹤、陈蝶衣、苏雪林、谢冰莹、徐蔚南、施蛰存、储安平等多位著名作家一起被委任为"联络委员会委员"。

上海解放以后，上海市文联成立，1950年，上海市第一届文学艺术工作者大会，张爱玲也是参加了的。柯灵在《遥寄张爱玲》一文里写道："1950年，上海召开第一次文学艺术界代表大会，张爱玲应邀出席。季节是夏天，会场在一个电影院里，记不清是不是有冷气，她坐在后排，旗袍外面罩了件网眼的白绒绒衫……张爱玲的打扮，尽管由绚烂归于平淡，比较之下，还是显得很突出。"是啊，那个时候，整个中国的底色不是绿就是蓝，而从来热爱奇装异服的张爱玲，即使已经繁华落尽，审美仍然不能与当时的中国审美达成一致。

  因为这次会议,张爱玲甚至还和其他会员一起去了苏北体验生活,观察土改,这影响到张爱玲的写作,比如她后来写出了《赤地之恋》。

之七：关于张爱玲的长镜头
——《长镜头下的张爱玲》阅读札记

张爱玲在1947年之后，沉寂了两年之久，几乎没有写出什么作品来。其因由也和她编剧的《太太万岁》热映有关。

在苏伟贞《长镜头下的张爱玲》一书里，开始便对准了张爱玲的《太太万岁》。《太太万岁》是一个成功的电影，可以想象，张爱玲的笔触在众多生活的泡沫里，会是一支目标准确的飞镖，直抵观众的靶心。然而，张爱玲关于这部电影的题记发表在剧作家洪深主持的《大公报·戏剧与电影》上，却一下子引发了评论界的集体倒戈。众多的评论者还是占领道德的高地，用剧本的格调以及内容与当时的抗日战争以及国内战争的形式不符合为论点，又一次将张爱玲打入"胡兰成阵营"。而这么多人的集体道德轰炸，让最开始支持张爱玲的洪深也反水了。苏伟贞在《一九四七：张爱玲电影缘起》一文里写道："电影甫上映，即招来一干人撰文抨击，胡珂率先发表《抒愤》,暗指张爱玲形象与民族抗日步伐不同调,是'敌伪时期的行尸走肉',方噇、沙易、莘薤批评相继登场,最后洪深也跳出来说话,发表《恕我不愿领受这番盛情——一个丈夫对于〈太太万岁〉的回答》进行自我清算,表示之前推崇这部电影是受张爱玲所惑而大上其当。"

《太太万岁》被批判之后,张爱玲的编剧史几乎就停下了。即使是1949年上映的桑弧的新片《哀乐中年》,编剧、导演署名都是桑弧。

多年过去,张爱玲成为华文世界最引人注目的作家,对她的创作史的整理挖掘一直没有间断。直到1990年,学者郑树森将剧本《哀乐中年》交给时任《联合报》副刊主编痖弦,并说明有可能是张爱玲的作品。郑树森的依据是邝文美的丈夫宋淇的说法。苏伟贞引用了郑树森的解释:"1983年笔者任教香港中文大学时,翻译中心主任、文坛前辈林以亮先生在一次长谈中透露,《哀乐中年》的剧本虽是桑弧的构思,却由张爱玲执笔。《哀乐中年》的剧本由上海潮锋出版社刊印,列为'文学者丛书'之七,出版日期是1949年2月。桑弧有一则'后记',最后一段说:'我敢贸然把这么一个毛坯交给书店排印,是由于一位朋友的热心鼓励。'此处所指,也许就是张爱玲女士?"

而收到了稿酬的张爱玲呢,马上给苏伟贞回信说:"这部四十年前的影片我记不清楚了,见信以为您手中的剧本封面上标明作者是我。我对它特别印象模糊,就也归之于故事题材来自导演桑弧,而且始终是我的成分最少的一部片子。联副刊出后您寄给我看,又值贼忙,搁到今天刚拆阅,看到篇首郑树森教授的评价,这才想起来这片是桑弧编导,我虽然参与写作过,不过是顾问,拿了些剧本费,不具名。事隔多年完全忘了,以致有这误会。稿费谨辞,如已发下也当璧还,希望这封信能在贵刊发表,好让我向读者道歉。"

看来,张爱玲宁愿错过,也不愿领受自己不能确定的文章了。她很早就是一个对自己文章珍惜的人,有人盗用了她的名字写书,写得不好,她也是紧急着声明的。这样一个女作家,如果遇到不能确定的文字,自然是不予承认的。

阅读苏伟贞《长镜头下的张爱玲》知道,在大陆,尚有许多关于张爱玲的书没有出版,比如张爱玲致英国大使馆的书信及其注释,比如夏志清的《张爱玲给我的信件》,比如周芬伶梳理搜证张爱玲给丈夫赖雅的家书编辑而成的《张爱玲梦魇》,又比如苏伟贞本人编著的《张爱玲书信选读》,等等。

除了前年出版的张爱玲与宋淇夫妇《张爱玲私语录》,今年出版的张爱玲与庄信正通信的《张爱玲庄信正通信集》之外,张爱玲还有很多个镜头尚封存着。在没有被打开之前,张爱玲只能活在苏伟贞或者庄信正的镜头里。

胡兰成曾夸过一句张爱玲:世间的事,但凡是沾了张爱玲,皆能成其好。在广大的张迷眼里,又何尝不是如此呢?我们都希望能多看到一些有关张爱玲的镜头,长镜头,更好。

之八：张爱玲写作的受辱史

——夏志清《张爱玲给我的信件》阅读札记

1967年年初，夏志清在台湾租住的公寓里摔了一跤，胳膊骨折，打了一层厚厚的石膏板，一时间无法握笔。而此时，一直等着他回信的张爱玲，正在自己录入《金锁记》的英译稿。在此之前，夏志清在台湾替张爱玲联系了台湾的出版人平鑫涛，几乎帮助张爱玲解决了生计问题。

1966年秋天，张爱玲的老公赖雅已经瘫痪在床，她给香港的友人宋淇夫妇寄去的《怨女》的书稿，宋淇夫妇竟然没有收到。好玩的是，不久后，台湾的《皇冠》杂志开始连载这一版遗失的《怨女》。张爱玲闻讯后，立即全权委托正在台湾的夏志清去找《皇冠》的出版人接洽版权的事情。

她在给夏志清的信里，还专门将给平鑫涛的信件附了副本，全文如下：

鑫涛先生：

  前致一函，说明《皇冠》连载《怨女》系去年以为遗失之稿，经修改后正接洽出版事，突闻在《皇冠》连载，深感诧异。亟来信阻止出单行本，迄未获回音，特再申前意，免致延误。除挂号外并将此函副本寄交至夏志清教授，夏君适自美来台北，寓金华街二〇五号。兹托致语，作者决不同意根据连载《怨女》出书。倘若有意出版改正本，可就地商谈，已托夏君全权代理。

  正是在和《皇冠》的合作之后，张爱玲窘迫的生活状况有了些好转。

  而《怨女》一书来源于《金锁记》，而《金锁记》英译本一开始被张爱玲起名为 *Pink tears*，即《粉泪》。后来大概为了更有市场，自己又改了一个英文名字，翻译成汉语，叫作《北地胭脂》。

  1963 年 9 月 25 日，在给夏志清的第二封信里，张爱玲便解释了为什么要给夏志清看的缘由："你是曾经赏识《金锁记》的。"而这篇小说呢，又是根据《金锁记》改编而来的，所以想请夏志清提提建议。她第一次流露出写作上的不自信，在信里，张爱玲这样写道："至于为什么要大改特改，我想一个原因是 1949 年曾改编电影，留下些电影剧本的成分未经消化。英文本是在纽英乡间写的，与从前的环境距离太远，影响很坏，不像在大城市里蹲在家里、住在哪里也没多大分别。"

热爱听市井声的张爱玲,如今找不到写作的磁场,所以觉得自己写的东西也受到了情绪的牵连。

夏志清整理的第五封信,是张爱玲自抄的一封退稿信。大概是 1957 年前后,张爱玲初用英文改写的《金锁记》,当时叫作《粉泪》。结果,得到一个叫 Knopf(诺夫)出版机构的退稿信。在致夏志清的信里,张爱玲这样坦白:"Knopf 我记得是这些退稿信里最愤激的一封,大意是:所有的人物都令人起反感……我们曾经出几部日本小说,都是微妙的,不像这样 squalid(道德败坏)。我倒觉得好奇,如果这小说有人出版,不知道批评家怎么说。"张爱玲忘记了写信人的名字,但凭感觉应该不是一个普通的编辑。越是编辑的职务高,那么对张爱玲的打击越大。这封信,几乎成为对一个写作者的嘲笑和讽刺。

不久后的 1965 年 2 月 2 日,张爱玲又一次在信里向夏志清说了《北地胭脂》的事:"我正在把那篇小说(指的是英文版的《北地胭脂》)译成中文,一改成原本的语言就可以看出许多地方'不是那么回事',只好又改。Donald Keene 所说的不清楚的地方当然也在内。译完后预备把英文原稿再搁几个月再译回来重打,距离远些可以看得清楚一点。费许多手脚,都是无用的练习,但是又不能不这样做。我迟早总要寄到英国去,以前因经纪人嫌版税少一直不肯送去,现在暂时也谈不到,以后有什么发展再跟你商量。"

仔细想来,这真是一个语言的游戏。张爱玲将中文版的作品《金锁记》改成一个英文版的《北地胭脂》,然而,不成功之后呢,却又按照英文版的内容再译回中文,便成了《怨女》。这真是一个猜谜语式的写作。

自己的英语写作,在美国得不到承认,只好又转回中文,可以在香港和台湾挣些散碎的银子。然而,终究是一次受辱的写作经历。1966年7月8日,在致夏志清的信里,张爱玲又一次决定将《金锁记》翻译成英文。既然改写《金锁记》不成功,那么,直接翻译,总不至于再次被嘲笑了吧。直至1967年3月14日,她才将译好的《金锁记》寄给了夏志清。前后用去了这么久,译得如何呢?在十天后的信里,张爱玲这样写:"《金锁记》说实话译得极不满意,一开始就苦于没有19世纪英文小说的笔调,达不出时代气氛。旧小说我只喜欢中国的,所以统未看过。"

张爱玲对于自己的英文写作,始终是不满意的。

还好,因为和台湾的皇冠签了出版的协议,经济上有了一些收入的保证。张爱玲的自信也有了一些。知道自己虽然不能用英文写作挣到足够的生活费用,却仍然可以依赖中文。于是,在书信里,她又有了闲暇,甚至和夏志清讨论起演员的气质来,哪个演员能演她小说中的人物呢?

张爱玲的《北地胭脂》后来终于在英国出版,夏志清的评价是:可说简直没有一点儿反应。这部以英文进行的作品,基本上是张爱玲写作上的受辱史。

第四辑　韩少功三叠

之一：被忽略的，以及被轻视的
——《暗示》阅读札记

在接触米兰·昆德拉之前，我从不知道，小说还可以行进中暂停下来。昆德拉像一个导游，把读者带到旅游地的街道，自己却借口去卫生间逃走，让读者愣在街道的中央，不知所措。而翻译过昆德拉《生命中不能承受之轻》的中国作家韩少功，也在自己的一部长篇小说《暗示》中做了这样的试验。

通常的小说，多是堆砌多数人的命运到一个人身上，是使劲地猎奇，并把欲知后事如何的悬念设置在每一个段落。这是体例的需要，也是阅读者固定的接受模式。但这样的小说体例给我们的阅读带来狭窄成见，每每遇到一个感人至深或者耸人听闻的小说，阅读者都会不约而同地想：这是小说。这句话的意思的外延就是：是假的。

虚构是小说存在的一个重要前提，小说也的确有它独特的文体"潜规则"。但是,著名作家韩少功向中国图书市场抛出的一部长篇小说《暗示》,它一改常规,把日常生活中被忽略的细节一一捡起,眼睛、面容、相术……包括时装和抽烟的姿势,这些日常具象却又暗示了不同的人性。

小说出版以后给许多阅读者带来了不适应,这一本书没有时间渐进,不讲述具体人物命运,没有漂亮主人公在小说中经历心智的变化、被骗甚至泪流满面。作为一个普通的读者,拿到这本书的第一反应是被骗了。这是长篇小说吗?开头就是辨析,结束也没有白发苍苍的老人和皆大欢喜的圆满。就连当时的媒体采访作者时,通通以"随笔集"来称呼这本小说。

韩少功的这本《暗示》有太多的"去小说化"的因素,随笔的痕迹浓郁,所以一些期待阅读快感的读者被这本小说中的理智和思辨色彩吓倒。韩少功在前言里也做了简单的说明:"一个眼神、一顶帽子、一个老车站、一段叫卖的吆喝,如此等等,使我们的记忆成了一个博物馆,也构成了真正的生活。我一直想解读一下生活中这些具象细节,读解这些散乱的旧物。"这是这本小说的出发点,一开始作者就没有计划用一个故事告诉我们恋爱、结婚、生子以及爱恨情仇中的喜怒和暗喻。

《暗示》的"去小说化"给它的命运带来冷场,如果说《马桥词典》给韩少功带来了荣誉和伤痛,那么,这一本《暗示》则给作者带来超出常态的寂寞。这个试验文本在长篇小说市场倾向于《有了快感你就喊》的时候出现,注定了它小众的命运。在《暗示》里,韩少功把目光放在具象和语言之间纠葛,这部小说有人物和情节,但人物和情节都淡而又淡,即使如此,作者还是把小说的人物前后一致地连贯起来。只要认真读完全书,就会被作者优雅的布局震撼,这种看似不经意的布局让这部长篇小说有"横看成岭侧成峰"的意境。

之后,《暗示》在台湾出版,远在美国的评论家李陀给这本书写了一个序言,内容颇为韩少功的知己:"我以为读《暗示》这本书可以有两种读法,一种是随意翻阅,如林间漫步,欲行则行,欲止则止,喜欢轻松文字的人,这样读会感觉非常舒服。另一个法子,就得有些耐心,从头到尾,一篇篇依次读下来,那就很像登山了,一步一个台阶,直达顶峰。"

我就是用第一种方法来阅读的,有一次在菜市场门口等人,我站在路边阅读这本签过名字的书,我读到《消失》一节,文中有一幅画极大地刺激了我的阅读兴趣。这是一幅黑白相间的图画,图中央是一个很像高脚酒杯的白色形体,但只要改变一下注意力,只注意两边的黑色部分,高脚杯就消失了,取而代之的是两张对视的脸。

这种借一张图来暗喻这个时代的多声道异常生动,在熙攘的菜市场门口,我一个人拿着一本书在看,我本身就像一个高脚杯停在图中央一样,看到我的人忽视了菜市场,而看到菜市场的人自然就忽略了我。

这是一本打破我们正常阅读习惯的长篇小说,在阅读《暗示》之前,我从没有想过一部长篇小说可以从最后看起,《暗示》就可以,我有一次试着从最后一节看起,看到倒数第二节的时候,笑了,我觉得,这是一部未完成的长篇小说,作者可以续写下去。

新版的《暗示》修订了附录,加上了李陀的一篇序言,我很喜欢读,借用李陀的两句话结束此文:我相信这是一本会使人激动的书,一本读过后你不能不思考的书。

之二：一杯烧开水里盛放的历史

——《重现——韩少功的读史笔记》阅读札记

不知从哪一年始,中国阅读市场突然被一群游戏历史的"水煮派"作家占领,历史读物的泛滥已经达到了让人不太愉悦的地步。一个个朝代被从灰尘里扒出来,从皇宫里的饮食男女那些事,到断章取义的新派演绎。

历史的竹简被熬成了一锅粥,大众文化的传播像《三国演义》的流传一样,具有清洗底牌的功效,只要你能让好人有好报,让坏人摔跟头,我就押你的赌注。

历史在被消费的同时,也被破坏,真正历史学者的文字被这些花哨的文字淹没。

历史是时间的游戏,在历史累积的传播过程中,也许史实的确难以还原,但是,这不表示,历史就是花边舞蹈。它有最基本的摆放规则,任何人为的粉饰和主观随意的想象,都是对历史这份食物的兑水行为。

我一直渴望读到一本具有人文意味的读史作品。黄仁宇的文字很好,他已经用自己作品的印数证实了这一点。但是,他过于取悦国内阅读者了,他用优美的文笔和半蹲的姿势来抓挠部分文艺男女的内心。他的书销量很大,然而,阅读过之后,我总觉得是在读小说,而不是在读历史学著作。

然而,这册毛边的《重现——韩少功的读史笔记》却让我大开眼界,它虽然片断化、拼凑化,但充满着韩少功的智慧。他不是在翻译历史趣事和后宫秘史,而是在解释历史是如何在时间的河流里一点点风化,成为今天的固态。

历史不仅仅是朝代更替和血雨腥风的战争,也是文字的成长史、服饰的变迁史和礼仪习俗的渐变史,更是庸众如何在时间的河流里找到自己位置的具体罗列史。

私生子统一六国,在街市上撒泼的流氓创立了大汉帝国,甚至出家的小和尚改行做了明朝的开国皇帝,这些热闹的故事已经被无数次搬上大小屏幕。但是,历史除了包含这些,其缝隙里还隐藏着其他物质。

韩少功在这本《重现》里说出了这些。在《夷俗》一文中,韩少功淘洗了通俗历史中的一些琐碎例举,归纳出我们阅读时时常忽略的思路:历史的习俗与地缘关系密切,远离了印刷术和造纸术的中原地带,那些表达越来越远离文字和逻辑,用音乐符号、用舞蹈、用肩膀和臀胯的肢体动作来表达内心的想法。这种习俗长期延续下来以后,便成了中原地区的人们习惯用诗书来表达喜乐,对酒当歌,人生几何;而边远地区的少数民族则用歌舞来庆祝自己的丰沛和收获。

《楚辞》和屈原是中国传统文化继《诗三百》之后又一个高峰,然而它的古奥难懂难倒了后世一代又一代的儒生。直到后来有一个叫林河的学者在研究的过程中发现,《楚辞》中的《九歌》竟然脱胎于侗族的民歌《歌(嘎)九》,于是,《楚辞》中那些深奥的含义一一找到了巫辞的对应。历史在延续中丢失了直接的注释,却又在另外的习俗和风物里有暗道相通。直到现在,在楚地生活的人走路仍然喜欢背着手弯着腰,有上年纪的人说,这是他们的先人被捆绑惯了的动作,直接影响了一代又一代人的走路姿势。除了屈原的《楚辞》是历史,在韩少功的解读中,即使是一个地方的人走路的姿势也是历史。背着手走路的楚地的现代人自己也不明白,自己的这些个无意识的动作,也得益于祖先的传递,哪怕是在日常走路的时候,也提醒自己,不要忘记祖先所受过的奴役的苦难。在日常用语中,"解手"也是一个有历史内涵的词语,解开被捆绑的手,才能解决生理上的排泄。一直到多年以后,子子孙孙无数代过去了,我们依然用着祖先们在被捆绑的路上所使用的词语。

造纸术是历史,唐诗宋词是历史,科举制度是历史,服装是历史,就连喝开水也是历史。阅读韩少功的文字,你会被他从意象到具象的旅游路线所陶醉。

　　和那些学者文字不同的是,韩少功并没有枯燥地在那些意象里转述,而是把有趣的被历史的风吹散的具象联系起来,从东边抓来热水瓶,从西边抓来贫穷的农家院落,从南边抓来开水壶,从北边抓来孝顺父母的历代传统。这样的话,一壶开水就必须烧了。韩少功的具体的事例有趣之至,法国有一个历史学家叫作罗代尔,他在《十五至十八世纪物质文明、经济与资本主义》一书中证明了这一点:中国人喝开水有四千多年的历史了。

　　喝开水对我们来说是一个日常不过的事情,但是这件事的源起却是历史的多个补丁拼凑的结果。和外国人相比,中国人的确热爱生火烧开水,客人来了,必须倒一杯热茶以示热情。即使是暗示想要赶客人走,也会在茶上做文章,借口说续茶以提示时间。

　　韩少功在《喝水与历史》一文中趣味地写到这一点:"中国人热爱开水,这一传统很可能与茶有关。中国是茶的原生地。全世界关于'茶'的发音,包括老英语中的 cha,以及新英语中的 tea,分别源于中国的北方语和闽南语。"

　　茶自然需要用开水泡才会有色与味,在我国的历史文献中,《诗经》有载,《汉书》中也有载。但是韩少功马上又将中国科技史上铁锅的出现归纳出来,《史记》中有汤鼎的记载,而《孟子》中也早有"釜甋"一词。而技术条件(铁锅)与资源条件(茶)都具备了以后,中国传统农耕过程中又衍生出草木知识、中医知识,于是茶水便应运而生了。然而,韩少功的笔锋一转,竟然客观地对比欧洲吃生水所遭遇的人性灾难与中国传统中关于开水所带来的"幸福","幸福"的结果是"人满为患",农业生产力的承受有限,人多得很,不得不出现各式各样的苦力,所获得的收入比马匹还贱。

历史就像一杯开水一样,我们端起来,才发现,每一杯开水里虽然煮满了平淡的日常生活,却也经过了唐诗宋词的韵泽,经历了战争和灾难的烟尘。所有的平静都得益于历史的坎坷。

《重现——韩少功的读史笔记》是一本玄妙于文与史之间的片断选辑,大约是韩少功的几篇长文字被切开,但更容易阅读。中国历史因为偏于伦理和意识形态,常常会被主观的一些现实状况改写。

历史是生活的演变和重现,阅读历史,其实就是阅读我们的现实。只贪图在历史缝隙里找到一些耸人听闻的演义是浅薄的,所以,读史的时候,一定要从个案和例举中读出另外的况味来。

之三：听韩少功讲座

我熟读韩少功的作品，然而，见到他，却总是不敢与他谈论什么。

我自信不是一个木讷的人，我善言，甚至喜欢辩论，一有场合，总试图表达自己所历的浅陋。总之，是典型的不甘于平庸，且，非要别人知道自己不甘平庸的那类。

然而，从2006年冬天我抵达天涯杂志社工作的那天起，整整三年的时间，我和少功老师见面次数稠密，在会议上，在餐桌上，甚至在他居住的小区里，但我们从未有过深谈。

不是他清高，他几乎与任何人都说得欢喜。也不是我浅陋，我在大学里代过课，夜深人静时狠读过一些诗书，也出过厚厚的几本书，甚至有一本书现在还正畅销。

之所以没有能和少功老师对谈,有诸多的理由。首先,我觉得,这不是一个适合谈文学的时代。差不多,因为生活的同质化,文学成为私隐的领域。其次,我觉得,我喜欢他的作品,甚至因为喜欢他的作品而奋不顾身地来到这遥远的海南岛工作,这是一种自选动作,是一种发自内心的真诚,这种真诚是不能说出口的(真虚伪,我已经写出来了)。这就相当于,一个孩子帮助别人捡了东西,然后等着别人表扬一般。所以,我没有必要见到他就告诉他,我喜欢你的作品,特别是哪个作品中的哪个细节,什么什么的。我不喜欢这种博取别人好感的方式,尽管我也曾经尝试过这种方式,并立即得到了友谊且甜美的回应,但仍然,我不喜欢这种方式。

然而,听讲座,却是一件惬意的事情。

近日,在一个读书班上,听到了韩少功关于"记忆与写作"的主题讲座。讲座很短,差不多一半的内容都是即兴的。作家依靠自己的记忆写作,记忆却往往又被现实生活制约,所以,如何储存自己的记忆,又或者打开自己的记忆,对写作尤为重要。

韩少功有一个漂亮的例子,我引录一下:有一个世界知名的历史学教授,在讲述历史的真实性时,曾经遇到过一些小麻烦。有一天,他刚开始上课,门外突然闯进来一群不速之客,用粗野的话语挑衅教授,然后来课堂捣乱的几个野蛮人动手打了教授。正在学生们乱作一团的时候,教授突然站起来,大喊一声,停。然后,他礼貌地送走了几个打手。原来,刚才的那一幕演出是他导演的。他布置了好玩的作业,让作为目击者的几十位学生记录刚才发生的那一段事实,要求精确到动手、对骂以及教授狼狈的姿态。然而,让学生们始料不及的事情发生了,班里的几十位学生对细节的回忆,竟然均不相同。同学们相互传阅自己的作文,惊讶万分。

教授自然在最后发表了精彩的演说,关于历史,哪怕是目睹的历史,不同的目击者因为记忆的视角不同,对同一个事件的描述均不相同。

教授反问学生,你们刚才看到的那一段如果是一个不能绕过的宏大历史叙事,你们又是这段历史的见证者,你们愿意读哪个人描述的历史呢?

还记得有一次在一个图书馆里听韩少功致开馆词,他提到了时间的概念。他说,时间是女人的敌人。在很多个地方,时间珍贵得以黄金计算。然而,有一个地方,时间是不存在的。他是说图书馆。

的确是,在图书馆里,我们可以和两千年前的某一个名人对话,也可以翻阅最新出版的报纸杂志。时间在一个具体的空间里融化在一起,充满了梦幻感。

记忆除了隶属于私人内心的广角镜头之外,还受制于记忆主体的时代环境,说白一些,便是意识形态。韩少功讲到他自己的经历,他念书的时候正是打倒地主的时候,地主的形象被强烈概念化,差不多,这个词语被涂上重重的劣迹和恶臭。在意识形态的描述里,地主只相当于"周扒皮"。然而,他在乡间生活过,他真实的感受是,村里的人对地主都怀有深深的同情,他们不但赞美地主,而且还替地主惋惜。说那个地主最苦了,活着的时候,大家都吃肉的时候,他不舍得,大家都穿新衣服的时候,他不舍得,好不容易攒了一点儿钱,置了一点儿田产,要养老少家庭时,突然搞起了"运动",他被定为地主成分,除了没收田粮之外,还要负担更残酷的精神摧残。

其实,意识形态无处不在,孩子的父母亲教训孩子,说不能和邻居张三玩,他们家都是坏人。这其实就是最为小型的意识形态。孩子当了真,不再和邻居张三玩了。然而,多年以后,孩子长大了,才发现,那张三不但不坏,还考上了博士。

韩少功也举了一个关于意识形态的例子,他说了一首流行歌曲的名字《女人是老虎》。

小和尚下山去打柴,老和尚有交代,山下的女人是老虎,见了千万要躲开。很显然,这是一句耸人听闻的比喻。

其实,日常生活中,我们每一个人都会遇到类似的叮嘱或者是教育。只要是天性良好、性格温敦的人,都会相信这句话。然而,如此岂不悲伤哉?

我不喜欢那个老和尚,尽管他也是好意,但是他完全没有必要将自然而然的事件隐藏掉,而只截取记忆的片断。

随着小和尚的长大,老和尚的话自然就不打自明。

想到这里,我特别想插一句题外的话。我虽然不喜欢这个老和尚的做法，但我更看不上那些叛逆的小和尚。话说一群小和尚长大以后，多数和尚根据最基本的生活法则，均知道了老和尚的话不过是一场虚构，但自己明白老和尚的心思，暗暗地笑话老和尚。然而，有一位个性独立的小和尚，长大以后便和老和尚决裂，不但泡妞喝酒打麻将，还特别向所有的人翻嘴他幼时所接受的老和尚那充满意识形态的教育：山下的女人是老虎，见了千万要躲开。

更可悲的是，宽容常常和平庸连接紧密，那些看破了这些事情并不说出口的和尚，终于在自己踏实的寺院生活里找到位置，研经习武，岁月安静。而这个叛徒却一路走红，因为他说的几句造反的话，很快得到拥护，于是不停地拿红包、做讲座等等，成为一代学术"超男"。

少功老师在上面讲课的时候，我在下面胡思乱想了这许多。

自然，还是要有结局的。结局是，大家听完了讲座，开始提问，我向少功老师提出了一个问题，是关于保存自己记忆的问题。因为社会的发展，大家早已经不再写日记了，哪怕是亲爱的人，也不再写信了。那么，时间久了，等我们翻阅自己的记忆时，我们发现，很多内容被越来越快的生活节奏删除了、清空了、格式化了。我们还是我们自己吗？

少功老师也认同我的观点，也同样表达了对记忆即将消失的担忧。当我们的记忆消失，属于自己独特的内心体悟被表面热烈的生活代替，那么，我们所写出来的作品，一定是大同小异的。这一点，少功老师在讲座里，也是讲到了的。

听韩少功讲座,你会不时地被打开,你觉得自己瞬间得到了提醒,而又因着这些提醒,变得清醒、智慧,甚至,飞起来了。

真是好啊!

第五辑　北岛三札

之一：如果你是条船，可别靠岸
——《青灯》阅读札记

我喜欢北岛在《青灯》这本散文集子中的姿势，是后退的。他喜欢往 2001 年去，父亲病重，他阔别祖国十多年，第一次回国。还有 1976 年，他还年轻，跑到冯亦代的听风楼上，告诉他自己内心沸腾的秘密。自然，还有其他很多个年月，均是过去式的，然而写作的时间却是此刻，是现在。

这种打捞岁月碎片的写作方式注定倾注着中国式的伤感。北岛也不能例外，他无数次地重述自己 2001 年回北京的经历，遇到故人和故人带给他的难以承受的乡愁。

在对过往的自己进行重述时，北岛是真诚的，甚至是低姿态滑翔。辉煌的和清高的故事被他忽略，他所记下来的细节多是这样："一见面他就夸我诗写得好，让我口讷而窃喜，手足无措。"这是 1975 年冬天，北岛在艾青家里第一次见蔡其矫时的情景。

如果说北岛下笔写冯亦代伯伯时的感情和状态都是伤感和孤独的,那么,在写蔡其矫的时候,北岛则抛开了亲情,以一个朋友的身份旁观了蔡其矫某段人生的旷达和洒脱。

他愉悦地回忆蔡其矫的话语和往事。1980年10月,北岛新婚,蜜月度完刚回到北京,第二天一早,就听到很大的敲门声,有人大叫道:"我是蔡其矫。还活着,快,快点儿生火。"蔡其矫是一个爱吃螃蟹的人,一大早他就拎着一串螃蟹来给北岛新婚贺喜。相对于蔡其矫的咬啃嘬嗦,北岛自愧是一个没有耐心的人,三下五除二之后,北岛在一堆毫不温柔的螃蟹面前投降,因而获得了蔡其矫准确又苛刻的评价:"笨,懒,浪费,可惜。"

相对于蔡其矫对北岛的评价,北岛对蔡其矫开的玩笑则显得直莽和冒失。

蔡其矫云游四海归来以后,向北岛展示他一路上写的诗作。大约是嫌弃这些旅游诗过于口水了,北岛当面嘲笑他:"你怎么跟出笼的母鸡一样,到哪儿都下个蛋?"结果搞得蔡其矫下不了台,当场下了逐客令说:"你饭吃好了,该回家了。"

这篇纪念蔡其矫的文字的标题叫作《远行》,双关的暗喻中,一个方向指向蔡其矫的逝去,另一个方向则指向了自己的内心。文章的末尾处,北岛拼命地忆念,却想不出和蔡其矫最后一次见面的场景,倒是早些年的交往片断如田野里随风飘扬的树叶,映入眼帘。北岛在感叹时间一点儿一点儿把此刻变成过去的同时,也写下了这本书的淡灰色调子——我们自以为与时俱进,其实在不断后退,一直退到我们出发的地方。

在回忆中后退是从容的,仔细检点排列在过去时态的或参差或茂盛的忧伤,即使真诚,也总会让阅读者满腹疑问,究竟,写作者还隐瞒了什么、夸大了什么、虚构了什么。

在《青灯》集的第二辑中,北岛写一段又一段行走,又向读者展示了同样的姿势:后退。

不论是在智利,还是在美国,不论是在飞机的头等舱里,还是在西风出版社的家庭编辑室里,北岛一一撕碎繁华,把一个真实的、有疼痛感的现实世界展现出来。

在智利,北岛抚摸着著名诗人聂鲁达的黑岛别墅的墙壁,想起1973年的自己,那时候,他在一个建筑工地上做苦力,看到《参考消息》上智利政变和总统的死亡,曾经泪流满面。而如今,自己就在智利的舞台上朗诵诗歌,有一个比喻,北岛不忘记抛出来:朗诵是一种集体猜谜语活动。听众鼓掌,则表示他们全都猜中。

这个比喻的是与否并不重要,重要的是,在掌声里,北岛又一次退回到多年前的朗诵里,在1978年,《今天》创刊,或者更早的时候,北岛还做过五年的铁匠。他手持一把大锤,一下一下地砸响通红的生活,出汗,并暗喻着一双粗糙的手可以创造属于他自己的生活。

这本书的最后一篇文章的标题《西风》,是一个出版社的名字,这个家庭作坊式的小出版社是北岛《午夜之门》英文版的出版商。

北岛为了配合出版社的宣传,和编辑在美国的西南部到处奔走,在出版商的铁匠舅舅家里,北岛又一次体味了做一个铁匠的寂寞。

西风是美国最早的一辆火车的名字,北岛在夜间火车的汽笛声中感受到了这家出版社坚持寂寞的翻译的难得和可贵。

一辆火车渐行渐远,北岛心中的疑惑也渐次打开:从长安街出发,如今仍在到处漂泊。他不知道,那句他送给别人的话是否写照了他自己:如果你是条船,可别靠岸。

冯亦代、魏斐德、日本朋友 AD、大款芥茉、熊秉明、刘羽、周氏兄弟、艾基、蔡其矫,九个人。九个人中,我最喜欢读的是冯亦代。

在《听风楼记》中,我被北岛句子的古朴击中。这样一个长期漂泊在外地,甚至不得不经常把母语揣在怀里而用英语和更多的人交流的人,他简短的句子,用词精确而又隐忍,完全是一个教授古典文学作品的教授的笔法。

这缘自一种爱,他的心自始至终留在北京的三不老胡同里,没有带走。尽管近三十年的漂泊,他没有被更时髦的写作元素诱惑,他坚持自己最初的语言,激情的、简洁的、有力量的。

在这本《青灯》集子中,除了上述的中国元素外,他还吸收了中国古典文学作品中的伤怀,这一点在《听风楼记》中运用得淋漓尽致。

我喜欢抄录作者原文:"一九七六年十月上旬的某个晚上,约莫十点钟,我出家门,下楼,行百余步,到一号楼上二层左拐,敲响

121 室。冯伯伯先探出头来,再退身开门,原来正光着膀子。他挥挥手中的毛巾,说:'来。'于是我尾随他到厨房。他背对着我,用毛巾在脸盆汲水,擦拭上身。"

这是文章的头几句,作者记忆的抽屉打开得开阔,细节像灰尘在阳光里的舞蹈一样,真切又动人。然而就是这位著名翻译家,在 2001 年冬天,北岛回北京不久,去医院看他,当北岛叫他一声冯伯伯后,他突然像孩子一样大哭起来。生怕引起冯亦代再次中风的北岛,不得不离开医院,然而留在北岛印象中的是冯亦代从床单中露出来的赤腿,和众人无论如何劝慰都撕心裂肺的大哭。

冯亦代,这位和作者住在同一个胡同的翻译家,帮助北岛找到了第一份工作。这大概也是北岛将《听风楼记》一文放在文集的首篇的原因。

但是相对于这位距离最近的伯伯来说,著名的历史学家魏斐德则是作者距离较远的一个朋友。和冯亦代一样,两个人也是忘年交。

北岛善于吸纳比自己年长的人的智慧,从他的这册《青灯》里可看出端倪,不论是冯亦代、魏斐德,还是蔡其矫、黄永玉、艾基。

九个人物中,北岛用世俗的笔墨把这些人的肖像描绘在纸上,有被生活抛来抛去的好友刘羽,有寂寞时遇到的赌鬼大款,有对自己有过温暖关怀的长辈和师长,有倾其胸怀不惜友情相助的画家,也有性情与自己相异、距离也很远的诗人。

总之,《青灯》中的记人文字,让阅读者彻底打开了作者的生活、错综复杂的思想及人文脉络,毫不虚伪的处世原则、温暖而又善于感恩的底层情怀,都让人觉得亲切、真诚,甚至在文字中不轻易发起的冷幽默也显示了北岛的从容和宽容。

他丝毫不掩饰自己的窘迫。《在中国这幅画的留白处》一文中,他吃惊于香港富翁请客吃饭时的奢侈,开口向富翁们讨要捐赠,借以把《今天》杂志持续办好。但遭遇冷场,好在后来黄永玉资助了他一小笔。

除了物质的窘迫,有时候精神也会被遥远的或者无助的事物包围。《旅行记》一文并不是一篇志得意满的行走札记,而是对过往所有感伤和窘迫的考究:借一头驴子往古诗的意境中深入;和刘羽扒火车,并为了在某一站下车而争吵的尴尬;因为忘记将笔记本电脑取出,在候机室里被脱光衣服的困窘;被机乘人员误解为贵宾,被领至头等舱后,因为玩不转遥控器而无法放平靠椅的搞笑经历……

如果说位置的转移即可理解为旅行,那么一个孩子一出生就开始旅行了,这也是北岛在文章的开始点破的真理。

然而,真正的旅行始于内心,若没有内心的丰富,若不从记忆深处刻下对四周世界的观察和思考,那么,行走的意义将变成机械的位移。

最近的与最远的常常相伴随,1989年,北岛终于成了孤家寡人,仅1989至1991年,他就睡了一百多张床。这是一个多么具体的数字,一张床如果代表着一个地点的话,那么一个地点又会有多少故事?

北岛没有陷入这些床和旅程里,他不停地回到此刻,回到the moment,回到诗歌节的朗诵现场里,回到一个咖啡馆和酒馆里,回到魏斐德教授的生日宴会上,回到2001年的北京,某个旧街道里。

北岛用记忆刻下了生活圆周中的朋友和旅程,世俗的和精神的。

最近的地方是他的出生地,然而,他却至今也没有亲近过。最远的地方是漂泊,然而,他却早已经被灰尘扑满脸面,在宽阔的大地上启程。

就像他自己在诗中描述的那样:"青灯掀开梦的一角,你顺手挽住火焰,化作漫天大雪。"

交什么样的朋友,其实就是对自己的喜好的一个注解,赞美或者欣赏朋友的某一点,同时也是揭开自己内心的某个向往。

北岛,这个在远处漂泊的中国人,用了三十年的时间完成了一次内心的航程,从出生地北京出发,又在文字中回到北京来。

他在文字里隐忍着自己丰沛的乡愁,宽容地谈笑贫穷与富裕、清高和世俗。冷与热、火焰与大雪,在他的心怀里变得模糊,他知道,终究有一天,他会携一壶浊酒,回家。

之二:诗人都住在纸房子里
——《蓝房子》阅读札记

　　我觉得在故乡读北岛的文字是不适合的,在异乡,若是夜晚,安静下来,你会被北岛文字里潜伏着的漂泊感和伤怀击中。那些暗淡的气息如洋葱一样,只能一层一层地剥去,变薄,却无法逝去。

　　《蓝房子》多是怀人的文字,十多年前,为了糊口,北岛给一家电台写一个专栏。可以想象那字数的限制,选择字词时尽量宜于朗读。每一个通往内心的字词都必须简化,所以,那些漂泊感也临时被幽默替代。

　　大陆版本的序言里,李陀被北岛的陌生惊喜,像在北岛不在家的时候闯入了他家一般,发现了北岛除了诗歌以外的语言存折。李陀感慨于北岛的肖像能力,的确,北岛的语言是带着手势的,差不多,读他的散文,你能看到讲述者的节奏和语气。《艾伦·金斯堡》一文中,开头便是声音:"艾伦得意地对我说:'看,我这件西服五块钱,皮鞋三块,衬衣两块,领带一块,都是二手货,只有我的诗是一手的。'"这样的开头还有,譬如在《克雷顿和卡柔》一文的开头,又是如此:"我们干杯。克雷顿半敞着睡袍,露出花白的胸毛。'你们这帮家伙吃喝玩乐,老子苦力地干活,晚上还得教书!'他笑眯眯地说。"

声音是一种镜头调节器,北岛仿佛很喜欢把一个人拉近,放大了在自己记忆的镜头里,细细地回味。作为美国"垮掉一代"之父的艾伦·金斯堡在他的笔下从号叫的英雄变成了可以信赖的朋友。他讲义气,同性恋,孩子气,工作狂,甚至还是个"野和尚"。北岛从艾伦身上找到孤独的全部注解,他一生被监视,负责反对一切权威。但是他却时常帮助一切血液流向与他相同或相似的后辈。北岛无疑也是这样进入他的视野的,北岛的文字简约得厉害,把热闹而细小的美好扩大了些,而把绝望又无助的暗淡一笔带过。在《艾伦·金斯堡》的结尾,北岛端着一杯酒在大厅里寻找艾伦,那天晚上是美国国会的一个笔会晚宴,宴请的客人名单里有艾伦·金斯堡的名字。然而北岛知道,艾伦于九天前已经死了。

这场景真让人伤感。

悲伤并没有停止,《蓝房子》第二篇篇目为《诗人之死》,依然忆念艾伦·金斯堡,是艾伦逝世一周年时北岛的补记。我相信,看完这两篇文字以后,艾伦·金斯堡便活在我们的记忆里了,那是无与伦比的刻摹。我为北岛的肖像能力所折服,他果真得到了艾伦·

金斯堡的真传,学到了上好的"摄像技术"。

《蓝房子》的前两辑共十六篇文字,但他追忆了十七位朋友,多数是诗人。异乡人迈克是一个让人流泪的诗人,这位因为追随莎士比亚和庞德而来到伦敦的流浪者,对漂泊有着自己独特的理解。在北岛一直漂泊的时候,他曾经用一句话让北岛泪流满面。当时的北岛居无定所,有一年到伦敦出席一个诗歌朗诵会,他试着给迈克打了个电话。电话里,迈克大声说:"我的孩子,你在哪儿?我一直在找你!"

我相信,这个世界上再也没有一句话比这句话更有力量,哪怕是积怨已深的敌人也无法抵挡如此温暖的话语。

《上帝的中国儿子》是一个绝妙的文章标题,它解释了一切。《蓝房子》的确是一个房子,北岛在这篇文字里做了语言的哲学家,那句子常常往格言和哲理上靠近,譬如:"托马斯是心理学家,在少年犯罪管教所工作。依我看,这职业和诗歌的关系最近,诗歌难道不是少年犯吗?"托马斯便是瑞典著名的诗人,是蓝房子的主人。他晚年中风,不能说话,一切思想都要靠猜测。其实,这本身也充满了诗意,诗句,难道不就是对这个世界的变幻不定的猜测吗?

在序言里,李陀推荐了《艾伦·金斯堡》《约翰和安》《蓝房子》等几篇怀人的文字,但我要反复向大家推荐的,是这篇《搬家记》。

[第五辑　北岛三札]

　　搬家,差不多是我们在城市生活的试验状态,差不多,它是漂泊的代名词。不论是越搬越好,还是越搬越糟,只要你还需要搬家,那么就意味着,你还没有找到最为合适的自己。这是一种无法言说的悲伤。借宿、打工、在中餐馆被同性恋者骚扰,都被他轻描淡写地略述,回头看来,仿佛一切经历都不过是个人史上的彩色斑纹,最终都只是为了一个人的辉煌增添色彩。然而,当读到这样一段话时,我一下愣住了,仿佛夜晚整个停了下来。海南岛的夜晚非常适于想象异国他乡的孤独,我仿佛一伸手,就能触摸到北岛口袋里满满的乡愁。我还是把这一段话抄录出来:"乌拉夫寡居,有种老单身汉的自信,仅用台袖珍半导体欣赏古典音乐。我有时到他那儿坐坐,喝上一杯。他特别佩服贝聿铭,作为中国人,我跟着沾光。不过盖房子是给人住的,而诗歌搭的是纸房子,让人无家可归。"这段话和文章开头的那句秘鲁诗人瑟塞尔·瓦耶霍的诗句"我一无所有地漂泊"相对应,将大把大把的个人苦难史塞进了一个纸搭的房子,风一吹便有坍塌的危险。那么,除了焦虑和继续寻找自己的归宿之外,别无办法。

　　《蓝房子》的后记中,北岛写了些俏皮话,我知道,那是一种胜利的姿态。从漂泊中渐渐稳定下来,他的语言无比精妙:"写诗写久了,和语言的关系会相当紧张,就像琴弦越拧越紧,一断,诗人就疯了。而写散文不同,很放松,尤其是在语言上,如闲云野鹤,到哪儿算哪儿,用不着跟自己过不去。"

在海外漂泊多年，不论写什么，都会带着一股海风的味道。就算北岛已经和生活和解，不再和自己过不去，但是，生活烙在他内心的落寞永远不会消失，一不小心，就会像一个人的面孔、一座房子的地址一样出现在文字里。摊开纸，或者启动电脑，写下别人的声音，也就写下了自己的内心。

蓝房子，一个寂寞的处所，一场用纸搭建的狂欢，众人走后，独剩下主人，落寞地收拾残局。长夜漫漫，酒醒何处，琴弦非要断了不可。

之三：谁孤独，就永远孤独
——《午夜之门》阅读札记

《在天涯》，是北岛在纽约居住时出版的一本英文诗集的名字。同样，"在天涯"，这也正是我目前的生活状态。从大陆最为中原的地点来到南海中这样一个岛屿上，我的阅读趣味发生巨大变化。这大概也缘自我工作的变化，之前所编辑的杂志均关注青年人的身体和内心，恋爱、婚外情，哪里有奇怪的事情和刺激的事情，便往哪里跑。多年以后想来，每每觉得青春真好，可以浪费在很多事情上。机缘巧合，我到了一家名字叫作《天涯》的杂志社工作。"天涯"，这个在中国古典诗词中烙着漂泊或者绝望的字眼，如今成了我工作的地方。这多少有些漂泊感。

当我在北岛《午夜之门》里看到他写的代号为 G 的画家时，我一下看到了自己。在纽约生活多年的画家 G 有疯狂的内心和家族辉煌史。他喝威士忌，娶两房夫人，养丑陋的热带鱼，画模样疯狂的马匹。我不是画家,却想写出疯狂的马匹,我希望我的文字也能像马匹一样,疯狂地,向着远方飞去。

变奏是因为生活中的人多变幻,一个人的异乡生活,总会有大批量的郁闷需要合适的出口。于是,北岛在奔波中吸纳别人的孤独,同时也释放自己的孤独。就像是《午夜之门》的序言中孟悦女士写的那样:《午夜之门》是流浪者写流浪者,流浪者找流浪者,浪者认流浪者。是啊,从《蓝房子》开始,北岛的内心几乎只剩下两个字:流浪。他所写的大量的文字不过是"流浪"这两个字穿着各种样式的衣服。

《纽约变奏》中的那个行为艺术家让人感到孤独,他把自己关在一个十平方米的笼子里一年时间,不交谈,不读写,不听广播,不看电视。后来,他又把自己放逐到户外,在零下三十八摄氏度的大街上因为住宿问题被警察关了起来。行为艺术家是台湾人,画画,当过船员,在茫茫大海里和孤独真诚地相处过。所以,他对付孤独的方法总是奇特而有创意。他做的最孤独的一件事情是和一个叫作林达的女艺术家用一根八英尺长的绳子互绑在腰间一年。但有趣的是,两个人一起吃饭,一起睡觉,上厕所,甚至光着身子洗澡,却不能有身体的接触。两个人毫无隐私地捆绑在一起,总有厌倦的时候。有一次他正在洗澡,而林达生气,于是发脾气要离开卫生间,差一点将光屁股的他拖到大街上。

北岛自然没有另外一个人和他捆在一起,但是,生活在异乡,孤独就像八英尺长的绳子捆绑在自己腰间的另一个伙伴一样,如影相随。孤独有时候还会有攻击性,像敲门来推销信仰的基督徒,像临时租住北岛家书房的女房客,像在街头抢劫北岛的流氓一般,它常常会给北岛以具体的意象。那个住在北岛家里的女房客 P 其实是孤独的一种,她住在北岛的书房,却从不碰北岛满橱的图书,她因为遭受过前夫的虐待,所以不能看电视里有打人镜头的节目,一看到,便神经性失常,落荒而逃。她自称喜欢古典音乐和芭蕾舞,可她对北岛书房里的数百张古典音乐 CD 视而不见。有一次,北岛向她推荐一场音乐会,她正在被生活压迫着,为了儿子和自己的将来,她的答案是:"票太贵了,好几十,你说那玩意儿谁听得起呀?"

比起女房客 P 的孤独,O 的故事是一个移民未遂的悲剧。O 是北岛纽约生活中的一个和文字丝毫也没有关系的朋友。他是个工程师,在上海造船厂风光着,能出国就像一个渔夫从小河里驾小舟到了大海里一样,本希望一网下去就弄条大鱼,却忘记大海里的风浪有覆舟的危险。果然,大鱼未抓到,却扔了不少钱,自己的那条小渔舟弄了个底朝天。这位帮助北岛安装一把椅子而进入北岛生活的朋友 O 到美国后,和表妹一家人合伙开了一家生物切片公司。为了营造公司正常运转的假象以办成投资移民,他和表妹一家不分昼夜地打工。远在上海的家人都以为他一个知识分子,在美国可以有阔大的机会赚丰裕的美元,然而,他竟然光着膀子铺草坪、粉刷墙壁、修理汽车,他从建筑工地到发明精密仪器,用汗水浸湿了的美元往移民局和律师共同挖掘的泥坑里填。终于那坑越填越大,他无能为力,孤独地离开美国。

没有衣锦还乡和没有时间照顾自己的爱好都是一种孤独。

孤独还是一个地名,在德国斯图加特附近。有一年夏天,北岛住在"孤独"里,然后每天从"孤独"出发,和他的朋友顾彬一起,去参加一次又一次诗歌朗诵会。顾彬是一个热爱散步的人,他和北岛相识颇久。他因为一首叫作《送孟浩然之广陵》而对汉学着迷,最近两年,他的名字频繁地出现在中国大陆的纸媒上,原因是他总喜欢说一些偏激的话以表达清醒。在顾彬的带领下,北岛从"孤独"出发,去了一个又一个墓地,并在墓地里体味宁静和死亡的气息。那是一种无法言说的孤独:死亡。

顾彬在北京图书馆查资料时,喜欢上里面一个叫穗子的女孩,偷偷摸摸地恋爱,终于娶了她。后来,北岛常常去看顾彬夫妇,穗子给北岛做上好的中国饭菜,然后劝说北岛去学开车和英文,将来如果回到北京,可以做出租车司机或者涉外导游。

然而,在纽约居住的时间里,北岛感觉到了出租车司机是一个非常孤独的职业,他们大多是第三世界或者战乱贫困地区的人。他们渴望在纽约遇到说自己母语的客人,又或者是对自己国家有所了解的客人。常常有一些出租车司机因为遇到一个能说出自己祖国首都的名字而免费。他们的孤独被出租车里程注释,二十五公里的孤独、三百公里的孤独,十五美元的孤独、一百二十二美元的孤独。

然而,北岛终于也没有做成出租车司机和导游,他由一所大学到另一所大学,由一首诗歌到另一首诗歌,由一篇散文到另一篇散文。他在自己的文字里种下隐忍和孤独。

阅读北岛的散文,最好是按顺序来读,先读《青灯》,再读《蓝房子》,最后再读《午夜之门》。

虽然编辑体例并不是编年体,但是,仿佛因为一些人物在三本散文集里重复出现,按照着这样的顺序,更容易轻松地了解北岛所要表达的漂泊感。人物是迈克也好,是顾彬也好,是魏斐德也好,是O也好,总之,都只是他在异乡碰着酒杯谈论存在与虚无的对象。这些人有时候会给他带来温暖的房子,有时候会给他带来充实的钞票,同时,也给北岛带来难以排解的孤独。

就像北岛在《布莱顿·巴赫》一文里写到的,他和布莱顿结伴去里斯本市中心听一种悲伤的葡萄牙民歌。当时他感慨不已:如今连悲伤也能卖高价。那么,孤独和漂泊感也是一个可以出售的主题。

当北岛的责任编辑黄孝阳兄给我陆续寄来《青灯》和《蓝房子》后,我先后在网上另行购买了《青灯》《蓝房子》《午夜之门》多册,用来送相洽的友人阅读,以呼应北岛先生在散文里流淌出的"孤独"。

谁没房子,就不要建造房子。

谁孤独,就永远孤独。

第六辑 通信三札

之一：我想你，想吃太平湖里的鱼
——给项丽敏的信

丽敏好：

收到你寄的书《金色湖滩》，很朴素，与你精致的书写比，它甚至有些粗糙了。

我最近看了不少朋友的散文投稿，觉得好多人在进步。但也有一些朋友在退步，事实上，他们过于在意散文写作，最终，不大会写了。

你的湖滩是独有的，也是让人珍惜的。面对一个静止不动的湖水，如何能照见丰富的内心，这是个关于发现与被腐烂的两难话题。一开始的美好，随着时间的灰尘覆盖，慢慢变得呆板，寂寞吞食掉庸常的生活。发现的激情和喜悦慢慢消逝，所以，对于一个写作者来说，面对一个单一的美好的物象太久了，是一种摧残，也是一种挑战。

我很惊喜地看到你的从容。关于湖滩四周的细节,及自己的内心。你甚至有意识模仿《瓦尔登湖》,行走,关注所看到的人、物、事及自己如何和四周融合。这些都是好的。

　　有属于自己的参照地址,当太平湖安静而明亮的一切变成你内心的地址,那么,你比别人便丰富了许多。前些日子,我的一个写小说的朋友给我寄了一篇日记,他养信鸽,整篇养鸽的琐碎事,在那篇日记里,他一下子变得陌生又有趣起来。一个写作者,若是有自己的领域,那么在下笔的时候,一定会有别人没有的感受和角度。我觉得这种特殊的经历或者领域,像拍照时的补光一样,让写作者笔下的物事的光线更均匀。

　　你的太平湖,就是一个阳光均匀且有诗意的地方。这是外人羡慕的,也正如你在散文集的开篇所言及的,你所拥有的,是美好的,同样也是单调的。

　　如何将单调在镜头里变得丰富,是你要做的工作。现在看来,你所涉及的领域,除了风物和安静的一切,并没有向深处泅渡。

　　一个湖,除去自然主义的风物,除去一个女人寂寞的心事,它应该有更多的向度。这些向度偏于人文,或偏于外延。

　　在你的文字里,我无数次地读到月光、草地及湿漉漉的一切。但我极少看到你的内心,你的寂寞也都是表面的,你没有真正地把疼痛掏出来。你的写作像那湖水一样,用平滑的湖面将投影在湖水里的一切都反射出来,而你的内心被遮蔽了。

　　当然,这或者是我自己过于执着于散文写作的个人史了。我的意思是,你所写到的湖只是美好,但你并没有在这些湖水里、柳荫里以及鸟鸣里烙上你个人的印记。

我对散文的观点一直未变化过。我不大喜欢在散文里隐藏自己的写作,虚构的东西多数已经远离散文了,更不用说那些玩弄文字技巧、堆砌感受和夸张修辞的大词写作。散文的叙事性和诗意并不矛盾,但是,若完全抛弃叙事,像巫师一样舞蹈不止、装神弄鬼,就不好了。

这里扯得远了。回到湖滩里,我想说的是,你不要让写作划过一些东西,而是要当作茶叶,沉淀到水杯里,沉淀到湖水里,沉淀到你寂寞或者充满怅惘的世事里。

沉淀下来以后,茶水变得有了香味。茶叶的片断放大,柔软。写作大概就是一粒茶叶被水浸泡的感觉吧!

我一直觉得,你需要一些更为差异的参照,来继续你的湖滩的写作。不只是《瓦尔登湖》,不只是安静的散文。你甚至也需要一些差异的阅读来补益你目前偏于单一的写作。譬如少看诗歌和散文,多看社会科学类的文字。

与你共勉。

若是观点偏执,请不必在意。

曼福。不尽。

赵瑜

之二:一部让人动容的"江南史记"
——给黑陶的信

黑陶吾兄:

新年好!

还记得第一次在北京青创会上见面,我拍了你和雷平阳的合影,你们两个质地颇像。当时我想,黑色的泥土更适合生长诗意,大概。

刚刚过去的圣诞节晤面,我很快乐,我大约好久没有和人说那么多话了。及至翻开你的这册《漆蓝书简》,终于发觉,我有更多的话要说。

《漆蓝书简》里的文字颠覆了之前你给我的所有印象,包括不久前的交谈。在我之前的印记里,你是属于唐诗宋词的散韵。这大概是由于你之前寄给我的那组《中国册页》的文字所致。生于江南又长于斯的你,恰又在一家名《江南晚报》副刊工作,这种种优裕的江南风情都会成为你的背景图和说明书。

然而这册《漆蓝书简》里所呈现出的那些民间书写,以及你对"江南"这个传统意义上柔软地域的重新粉刷,都让我触摸到你温润生活背后被遮蔽的热血和粗粝。

整整一周的时间,每天晚上,我都陶醉在你的行走里。我看到在西屏老街拍的照片,画像店、杂货店、做秤店、被絮店、酥饼店、打金店、草药店、钟表店、棕板店、配钥匙摊、诊所、牙科、打铁铺、花圈店、肉墩头、药店、发廊、帽子店、时装培训中心、浴室,你在夜里翻看拍到的街头的某个男人或女人,笑一笑,删掉,就像忘记一小段尴尬的生活细节。我看到你在灵溪镇和一个叫作高琦的老诗人谈论诗歌的故乡,诗歌应该属于饥饿的、粗糙的原生态生活,任何舒适、安逸和富贵,都会让诗歌的色泽褪去,变得庸常和暗淡。我看到你在斯宅那一千多根柱子间彳亍的影子,夜晚将你和那老宅的色彩洗去,一点儿一点儿变淡。就像那天晚上,在咖啡馆里,我们谈论的胡兰成妩媚的文字一样,此人的文字是浓郁之后的淡,读来极为拙朴。但又像被夜色笼罩的花朵和少女,待到黎明之后,便能感受到那色泽的艳丽,想来也是一种难得。而此人对女人的感情也总如夜色漫过村庄和物事,慢慢变淡,以致背叛。对了,他仿佛去过这斯宅两次。我看到你坐在一个经年的小马扎上,听一个叫俞俊浩的江湖奇人讲述他帮人"取牙虫"的逸事。

我看到你在安昌古镇问一个做木浴桶的老人价格，600块，不算贵，样式大约是旧式的，像前朝的旧物。若不是接下来的行程，也可以考虑购置一个，装扮生活。我看到你在泗安镇的街上抄写或拍摄墙上的招贴、苗木信息、广告牌、迁坟公告、公安局提醒牌、性病广告、婚纱摄影广告、烧烤店价格表、村民选举委员会公告、百老泉酒业广告、拍卖公告，你在一个有趣的墙体广告前流连忘返，偷偷发笑。我看到你在盈盈烟水阔的吴昌硕故居里闲逛，我甚至想和你一起去那里，因为你文章最后的那四个字，美极了——明月前身。我看到你在有十里桃花万家酒店的桃花潭，重走多年前走过的路，想重拾一枚含义模糊的铜钱。我看到你在查济古镇里收到的一张名片：怡园山庄，王锡华总经理（儿时乳名：小八子），地址：×××，电话：×××。我看到你在张三丰墓地前作揖默念的样子，终于相信，你幼时是练过武的，你那如黑陶一般的肤泽要么缘自你父亲的煅烧，要么就来自幼练功时夏练三伏的阳光辐射。我看到你在宏潭村的刘同成家里喝啤酒，听刘同成的猎人堂哥讲述捕猎往事。我看到你在铜钹山的某个散文笔会上和我谋过面的陈蔚文、范晓波、江子、张鸿以及我未谋过面的王薇薇、张森闲聊。我看到你在严家桥抄下的那篇《严家桥地区物候分季自然律初探》，我认为那是一个老人用一生的时间写就的一首最为美好的诗歌。我看到你于三月初三，在大浮镇导演一部高清电影，电影的开头：拥挤的人的脸和排列整齐的鞋子，电影镜头里充满了抒情与虚无，你在一个嘈杂的庙会中依旧对《二泉映月》保持着敏感,让人感动。我看到你在一个名叫万石镇的地方查看石材的颜色,丰富的红和黄,大面积的绿和紫,你的眼睛被色彩的海洋淹没。我太喜欢这些颜色的名字,不由得在刚刚写完的一篇散文里抄写了你的某一段颜色,是抄,我想把这些抄成我的。

最后,我看到你回到自己的家乡,你的父亲,那位老窑工,他于多年前烧制的你这样一枚黑陶,现在已经成为一件能容纳整个江南的容器,不但能盛装贫穷和干涸的经年旧事,还能容纳丰盛又厚重的江南风物。原因有五:其一,黑陶是用当地粗糙的砂粒制成的,成长于乡下的记忆使得你有足够多的地气,你站得稳。其二,江南的水和文化浇湿了你的童年及少年,所以,你的文字和见识均透气性好极。其三,黑陶久居江南,自然而然地留下诸多儒学的茶锈,即使放下那大雅小雅的身段,直奔尘土纷繁的世俗生活,却仍然流露出书生的况味。其四,黑陶正因其色泽的黑,而经久耐用。作为友人,他可经历日月而依然有温度;作为文字客,他的文字经历时间却依然绽放着光芒。其五,黑陶因为行走颇远,故见识冷热世事较多,激动者较少,淡漠者也更少,属于传热导冷极慢的恒温人士,故适于做降温和增热的友人。

粗读完《漆蓝书简》,我想到贾平凹的《商州三录》和沈从文的《湘行散记》。这两个人的散文之所以盛行不衰,缘于他们用手触摸了当下,他们用史记的笔法触摸了时间变化下的现实。《漆蓝书简》里的诗人、猎人、街头歌舞团已经为我们勾画了江南的"风俗史记"。我喜欢这些有声又有形的现实主义多于往经书典籍寻找的"桥段"。所以,对于散文写作,我喜欢沈从文多于周作人。

　　黑陶兄的文字兼顾了二者,但比起二人之中的某一个均浅易了些。大概是因为行走,而不是久住。文字是花生米,成熟了的,自然可以榨出更多的油,若是不成熟的,却可生吃的,各有妙处。我想再一次提到你在严家桥遇到的那首《严家桥地区物候分季自然律初探》,那个周甫保老人用一生做的记录,梨花开的时间、油菜花开的时间、蝙蝠展翅的时间,那是多么好的诗句。我大约过于钻牛角尖了,我一直不大欣赏一个不了解某种物事的全貌就下笔写字的人(虽然我自己常常不读完别人的作品就写评论文字,但自信已经是了解了的,无须通读。当然,这有自吹之嫌)。我一直觉得,散文写作和小说的大不同,就是它的非虚构性和它的可沉淀性。然而,关于可沉淀性,或者迟缓一些再写文字的事情,我只做到了一件,就是沈从文。我读了他很多年,没有写过关于他的文字,我觉得,我要再等一下,读得再久一些,才能写关于他的文字。

　　行走了,记下了。这也是传奇。这也是值得赞美的盛开,就像短暂的花期一样,开放的时间虽然短,却一样灿烂和深刻。若是有一天,兄能把这些被遮蔽的江南片断一片一片重新梳理,深入而细致地、繁复而从容地、简洁而又意味深长地写出紫砂壶一样的色泽和香气,那大约便完美了。

前天看电视节目,山东德州的一家制作黑陶的公司,他们制作黑的程序很多,其中有一项很重要:雕刻。我想,黑陶兄,你一定是过了这一关的,因为,我看到的这册书中,有炫丽的花纹和沉默的底色。我喜欢这本书,它让我受益良多。它让我知道,即使是瞬间的触摸,也可以避开表面的花纹,找到民间叙事的入口。即使是陌生地掠过,也可以避开浅薄,精准地找到匆忙相遇的那个人的穴位,治愈他们,也疗救自己。被别人雕刻,同时,也雕刻别人,这大约是我从你这樽别样的黑陶里读到的最为珍稀的内容。

赘述并又吹捧,无意博兄开心,望多着(衣着)文字,多食(饮食)文字。并曼福不尽。

弟赵瑜

补记:另,刚翻《天涯》合订本,发现黑陶兄那篇《斯宅》的文字原来在我刊2004年某一期刊出过,四年后又入集而出,时间的跨度颇好。如今,我掸净时间的浮尘,静静地感受当年你的脚步声,那些行走已如一只沾满茶锈的紫砂水壶,黑色的陶物流出叠放整齐的韵味,偶有水温偏低,那茶水偏淡一些,水温偏高,便浓郁一些。江南的版图,不过在一杯茶水里,绿亦有之,枯亦有之,浓郁有之,淡寡有之,粗粝有之,柔软有之,均十分地好,我尤其喜欢你所阐释的粗粝。

再无废话。

之三：敏感、坚硬，还有偏执
—— 给塞壬的信

塞壬兄：

在《下落不明的生活》里，我很开心地看到你所喜爱的饺子的馅，韭菜鸡蛋，又或者是韭菜肉泥。我也喜欢这两种馅，我觉得，这是属于母性的食物，一想到它，我就会不由自主地回到某个温暖的年节，寒冷衬托下的温暖，显得珍贵。我在你的那篇《饺子，饺子》里听到你在生活里盛开的喜悦和善意，我甚至闻到那气味独特的韭菜，被你切碎，然后包在一个面皮里，像一个秘密一样，惹人猜测和欢喜。

塞壬兄，我们仿佛通过一次电话，那时候我刚到《天涯》不久。其实，我内心种满了无知，假装看透了你或者你这样的写作者，说了什么，大都忘记了，只记得你的声音，不像你的文字，你的声音是克制的,甚至有些贤妻良母的感觉。总之,你的声音和你的文字距离很远(当然,这极有可能是我的误解)。

午休时,我偶尔会去你的博客里看一下,能从那片断如秋天或韭菜的馅里,猜测出你的小得意或小失落。若在生活中是你的朋友的话,我会觉得,你是一只过于敏感的饺子,无论你的馅多么饱满,但你对水的温度过于挑剔,你总想逃避沸水的蒸煮。然而,一只饺子若不跳入生活的沸水里,你会风干、开裂,成为废弃物。当然,在生活的跳台上,你已经不止一次地从十米跳台跳下,做了无数次完美的后空翻腾两周半转体的动作,你所体味出的被水煮沸的滋味非常透彻,充满了痛感。

《下落不明的生活》是这些年来我读到的女性散文写作者中较好的文字之一。之前,我看到的,有周晓枫和习习。比起她们两个,你的敏感反应在对生活和他人的敌意里。当然,这些敌意来自你的坚硬的个性和受创的生活史。

也正因为你的敏感,你的文字里总有让我们这些男性写作者羞涩的力道。你善于脱下别人的衣裳,你轻易地就发现了别人的丁字裤和充满卑劣的个性。你的文字气息有金属生锈以后的味道,若是细细地闻,会闻到女人的内衣或者盐的味道。这一切都像城市的夏天,太多的人拥挤在某一张人民币边上,出汗,争吵,甚至出卖自己的身体和灵魂,这使得你对生活的异味很是不满。我不止一次看到你在文章里皱起眉毛的样子。这些,都让我觉得,你对生活过于敌意了。

《下落不明的生活》是一篇篇个人史,你写透了70年代出生的人的内心,漂泊的滋味,没有地址的落寞和惶恐,一个寒意未褪的春天被你的剪刀三下五除二裁出。

看你的文字,有时会脸红,因为你那么放肆地把自己放到镜子里,撕扯着伤口,检阅你的身体的癣斑和青春欲望的气息。疾病逼得你往爱情的怀抱里钻,还有夜晚的抢劫事件。《声嚣》是发表在我们刊物上的一篇文字,我校对的时候,被你在黑夜里发出的一声尖叫惊醒。我觉得,从那篇《下落不明的生活》开始,你就一直用文字抵御着城市的伤害。这的确像你在本集的后记中所说的:我写,一定是现实的什么东西硌着我了,入侵我了,让我难受了。

其实,这就是个人的经验史。

那天在博客里,我写赞美你的话,大致是这样的:塞壬是一个有天分的写作者,而刚好,她又知道自己的天分,这真让人感动。

生活中,知道自己有天分的人不多。更为可惜的是,在这不多的有天分的人中,大半的人为了利益又出卖了自己的天分。塞壬兄,你一次又一次为了保持自己的自尊而拒绝妥协,你的敏感在于,你对生活中硌痛你的细节历历入目,咬牙切齿地想要甩掉它们、超越它们,甚而,能嘲笑他们则更好。这样的路线图,如同一个被鞭炮追逐的人,直到鞭炮燃烧完毕了,回过头来才发现,自己已经走出太远,回不了头了。这比喻是不是有些离题啊?我到底想说什么?对了,我是想说,塞壬兄,你敏感的内心加上你善于奔跑和超越别人的坚硬,使你来到今天。在很多个喘息着奔跑的夜晚,我看到你孤单的姿势,你的文字里遍布你的气息、体温、咳嗽声,甚至展览着你的内衣、矛盾又单纯的笑脸,宽容又自私地与人相处。

信写到这里,夜太深了,我便放下了,要睡。这两天睡得少,电视里在播一个谋杀案,当然,最后证实了并非谋杀。那个差点被枪毙的男人陷入失去爱人的痛苦里,他甚至希望自己能被冤枉,然后死掉。他的表现打击了我,他忽略了很多东西,这样的人生活中太少了。

我大约有些八卦了,塞壬兄,不知怎么的,我忽然想到你的文字。你太计较了,你刻摹的人,多看透生活的世俗,妓女、晕车时在旁放屁的人、弟弟的女友、启蒙了你却远远被抛在身后的林姓旧同事。你的笔下,暖意的东西被城市的荫凉遮蔽。

直到读到你写到你的弟弟(那篇《爱着你的苦难》仿佛也是发在我刊上的),看此篇的时候,我大约正在某个大学里教书,写甲勾引乙、乙勾引丙的通俗小说。看到你在当年写出这样的文字,觉得真是好。我觉得在这样的文字里,你仿佛才真正回到人间,回到安静又温暖你的本原那里。

城市给了你很多东西,不论你如何鄙视它,但你已经成为它的俘获品。你的文字满是抵抗和挣扎的印记,被放大的自尊像墙上的口号一样出卖了你。你大概不知,你的文字被你生活的四周格式化,传递出快餐的节奏、阴谋的脸庞,甚至防御过当的自私。

当我看到你写你的父亲的这篇《我一直怜悯地注视着他,直到眼眶贮满泪水……》,觉得很难过。尽管你的眼睛里贮满了泪水,可我依然觉得你利用了你的父亲。这不是好的做法(不好意思,这纯属我个人的意见)。生活到处都是"罗生门",所有讲述者的角度加在一起,才是生活的原貌。你何必只切取你父亲那最为偏执的一面呢?

当然,我这样说有些无理取闹,作为一个阅读者,我不可能要求写作者都按照我个人的喜好选择合适的灯光和角度来刻画风物和人事的。但,我还是想以个人的感受来提醒一下塞壬兄,放荡行文的尺度在于对物事的善意,愤怒和挑剔仅限制于低年级的任性,做人,总要节制自己内心的"冰冷和恶念"。看到你说你内心藏有大恶,我差一点儿笑出声来,不论怎样,你都活得认真而可爱。

只是,借助于坡地抬高自己的视野的事情是聪慧的、便捷的,但若是借助于别人的衣物的肮脏来衬托自己的洁净就有些审丑了(这话塞壬兄不要对号入座)。我只是在塞壬兄的文字中读出了这样的气息而已。有时候,过于敏感地防御别人,其实就是对别人的伤害。

自然,这只是在你的局部文字中一闪而过,善良也不必在文章里处处彰显出来,我的这一席话大约是多余的。我写长篇小说,你知道的,这样的人,最爱说多余的话,设着法子将文章拉长一些。

前几天和黑陶兄在一个咖啡馆里说世间的物事,大约说到朱天文,我忘记是如何评价她了,但我们有一个共识,就是觉得,像朱天文如此练达世事、用减法对待一切的女人,可以做友人,但坚决不能娶回家,那样,会少许多世俗的生活乐趣。

是啊,一个女人,一个写字的女人,若是过于憨直,则必会写就平庸的文字;若过于精明和简洁,则又必提前看破世事,以悲观又鄙夷的目光扫荡一切,给男人的心灵造成伤害。

好在,我在文章里,不止一次看到你投入一个温暖而时时为你张开的怀抱。这样的怀抱,在你的文字里起着不可缺少的作用。它让你的内心的焦虑和喘息渐渐平复,找回日常中的自己,让你从偏执的某个路径里退出,退回到一场软弱里,退回到一次敏感又疼痛的生长里。

信本来是昨天晚上写好的,今天再续一点儿,却又说了上述打击你的话。昨天我的文字全在赞美你,今天却在百般挑剔地打击你,这说明了,一个写字的人是多么靠不住,你完全可以不屑,或截取适合你口味的那一段,扭扭腰肢,扬长而去。

原先想好的,要在一开始就将你和周晓枫、习习做一个比较。现在发现,你们三个风格各不相同,周晓枫有博大的叙述能力,她是杰出的散文结构大师,所有学习她的人都会在她面前崩塌;习习是细节大师,她对生活细节的建筑能力像一个纺织大师,还有,她对生活的善意,常常使得大家忽略她文字中的技巧和用力,让人一看到她的文字,就觉得,她是那么热爱生活,那么好;而你是一个生活的叛徒,你一边从生活里取出钞票,一边又恶狠狠地向生活踹了一脚,说,去你妈的。

塞壬兄,我这样理解你,是不是误解了你? 希望是。

你是一个有天分的人,恰好,你并没有因为生计的艰难而谦卑地出卖自己的天分。这一切都是好的。但若是,你能从局限你自己的"房间里的事物、周围枯萎的事物、卑劣的人群和让人悲伤的夜晚"走出来,我觉得,阳光照耀下的你的文字,会有更芬芳的气息。

冬天暖和(昨天晚上挺冷)。

赵瑜

第七辑　虹影一札

一口井盛满悲悯的水
——虹影《小小姑娘》阅读札记

虹影对父亲的感情深,父亲对她说的话,她都一一记着。父亲是个顶好的人,在母亲怀着另外一个男人的女儿时娶了母亲,给虹影的童年提供阁楼以及温暖的食物。

虹影想看朝鲜电影《卖花姑娘》,报了名,却没有钱。在电影院门口等着电影散场,她在出口逆着出来的人群,进入电影院的卫生间里,然后等着下一场开始。终于,如愿以偿,看到最美的花和最动人的歌声。那天晚上,已经准备好接受惩罚的虹影,回到家里,遇到父亲,父亲竟然说:"快吃饭吧,菜都凉了。"

我承认,这一定是最动人最朴素的爱了。在《小小姑娘》里,到处可见这样隐忍的书写,最深情的表达,一定是最为节制和干净的叙述。

我不止一次地被虹影清淡而又饱含感情的文字打动,我几乎在每一篇文字里都看到虹影弱小的模样。在她的童年里,她一直都不是主语。大姐大着肚子和母亲做斗争,她是一个受委屈的。明明自己主动为大姐关窗子,可是大姐却不领情:"回到床上,大姐让我不要挨着她。她怕我睡着后,管不住自己的两脚,会蹬着她肚子里的胎儿。床本来就不宽,于是我只好盖好被子,侧着身子,把脊背靠在冰凉的土墙上。"

虽然这样委屈,却仍然在日常生活里善良着,大姐和母亲吵架,她看着,替母亲感觉难过。不愿意听母亲和大姐的争执,便一个人走出院子,看到父亲一个人在路灯下吸烟,她便背靠着电线杆蹲下,靠着父亲,那样一声不响。

父亲因为身体原因,长期在家里。而母亲只能一个人到码头做苦工。母亲一天到晚将体力都支出去了,没有精力照顾虹影。所以,虹影的童年记忆里,连母亲的拥抱都是稀有的。她五岁前后的梦想,竟然是趴在母亲的怀里,闻她身上好闻的味道。

长到终于能看书的年纪了,虹影看懂了《简·爱》,她一下子看上了罗彻斯特先生,她很真诚地想要嫁给他。可是不行,四姐也喜欢他,而且下定决心要嫁给他。过不了几天,虹影发现,她的代课老师也想嫁给这位罗彻斯特先生。这真是一道让她难以解答的数学题啊,她恨自己没有能力解好它。

虹影的童年是一口清澈的井水。尽管有一天,父亲指着小学旁边的一口井对她说,这口井里的水,你不能喝,因为一喝这老井的水,你就在这里扎了根,一辈子也不能出去闯世界了。

我一直不知道虹影是不是喝了那口井里的水。但是虹影的故事大家都熟悉异常,她出国多年,一直在一个很大的舞台上用文字演出。想来定是听了父亲的话,没有喝那只能扎根乡下的水。只是,看完了这册《小小姑娘》,我知道,虹影一定是喝了那井里的水。因为,这么多年过去了,虽然虹影已经离家在世界遨游,但是,她的心始终如同那个做扁担脚的小女孩,因为害怕邻居家的儿子将自己父母亲的名字写到墙上,而马上把自己的双腿朝后弯,弯成两根扁担的样子。

阅读《小小姑娘》,最喜欢虹影电影叠加镜头般的写作方式,她通过梦境延伸了自己的童年,又或者通过镜头的叠加方式,潜回到自己的童年里。她看到了母亲正怀着自己,和父亲以及生父在一起。她聊斋般地出现在众人面前,将故事的层次打乱。她心疼自己了,又或者,她试图通过书写自己的过往改变已经发生过的事实。

然而,写作终究打不败时间,尽管虹影在书里每一处都恭敬地写下"父亲",但她依然是私生女。

虹影喜欢做梦,梦到自己是一条鱼。而她的父亲,却反复地告诉过她,如果抓到鲤鱼,是要放回到江水里的。父亲的这种对生命的悲悯一定是影响到了虹影,以至于多年以后,每每拿起笔,总会有一个小小姑娘住在自己的内心,用那一双童真的眼睛看旧时的电影,闻鸡汤的美味,听二姐讲的故事。

每一个人的童年都是一口井,而虹影的,储满了悲悯的井水。某一天,她生病了,母亲一整天都为她忙活,上楼来看她的脸色,喂她喝绿豆汁,她那么懂得感恩,她写道:"我心里真暖和。"

是啊,读到这里,我觉得也暖和极了,并想起自己的童年。

第八辑　付秀莹记

时间的刺

有一阵子,我特别喜欢打电话给付秀莹。打通了以后,我会说一句:"我们谈谈人生吧!"她便会笑。的确,我们的谈话过于琐碎了,几乎和人生无关。所以,不得不借谈人生的名义。

一开始,我们说的多是日常的事物。内心莫名的灰尘,鲁院窗外的鸟叫声,某个老师的声音的高度,茶水的颜色,鲁迅的小闲事,云南菜馆的电话号码……关乎写作的内容,我们仿佛并没有说起过,只觉得那是各自的隐私。

一直没有向她说起的,是她的气息。在鲁院,多么巧合,我们坐同桌。

她文字以外的气息,都从她身体里散发出来。她的气息让我想到竹子,被风吹过以后竹林里的声音和气息。要是下雨过后,就更好了。付秀莹是竹子类型的女人,她很清新,内藏着风声。

关于付秀莹,我曾经做过一个好玩的试验。便是在我的博客里虚构了一场付秀莹的逸事,那博客的点击率立即便会上升好多。

自然,这也是我们谈论的话题,说完以后,就又会笑。

在鲁院,我和写散文的沈念住邻居。刚到鲁院报到的当天,我们大多数同学均不认识。沈念敲我的门,我穿戴整齐地朝他打一个响指,说,走,上楼,带你见一美女。

那时对沈念来说,付秀莹的模样尚未揭晓,一路上,我用了多少形容词修饰付秀莹,至今已经无从查证,但最终的结果是,付秀莹当天并未住校。沈念没有见到,又大约受了我描述的诱惑,有小遗憾。

彼时,付秀莹的模样,我已是见过的,是在她的博客里,只记得她的笑,露出三分之一牙齿的笑容。她是一个好看的女人,她的好看在于,她总将自己的某些好看藏起来,总让人觉得,她还可以更好看。

没有见到付秀莹之前,我们联系过。大体是,她所在报纸的副刊发了我一篇书评,而我近乎淡漠地道了一声谢,便没有再说什么了。

这就是传说中的错过吗?是的,差一点儿,这一生就错过了付秀莹。

那时候,她在一家行业报纸编一版豆腐块。我虽然也偶做豆腐块文字,却总以为自己的豆腐块是珍珠。现在想来,真好笑,是啊,多么虚伪。

熟悉以后,偶尔还会说起当初的情形。总觉得世间的事有太多的灰尘,不打扫自己的过往,总是不知道过往的我们丢失了什么,又或者错过了什么。

过往。付秀莹的过往对于陌生的阅读者,一直是有奖的谜底,但至今少有人猜中。

付秀莹的过往有一个温暖的院子,那是盛放她无助的时光的院落。有一天晚上,我一个人在房间里读完了她的《旧院》,激动得不能自已。我被她用文字建筑的院落吸引,在这个院落里,我看到付秀莹全部的孤单,我同时也看到自己的过往。

差不多,我知道那过往里的无助。在灰尘随时都有可能覆盖尊严的乡村,在一个有着敏感内心的孩子眼里,世界那么强大,它不给我们任何撒娇的机会。

我在房间里来回散步,已经是深夜,打电话到她的房间,才知,那天没有课,她并不在宿舍。有许多话就那样散落在枕下、梦里,第二天便捡拾不到了。

成年以后,男人和女人的交往无法单纯。然而,那天晚上,我相信自己,如果打通电话,我一定会和付秀莹讨论表达。《旧院》里有独立于当下的气质,付秀莹在这个文本里呈现了她的耐心、她的刻摹内心的能力、她的躲藏着的却又温暖的底色……我在文字里阅读了她的成长史,我仿佛在她的院落外听到她少年时代的一声叹息。我甚至还在一缕寒凉的月光里窥见她紧张而单纯的十七岁,被雪覆盖的她的某段心事,被某种食物填满的某个夏天。

有太多的磁场交杂在个体的回忆里,我觉得,我抵达了付秀莹的过往。

刚好抵达,这差不多有了更多的内心暗示。

我在自己的博客日记里表达这样的念想,差不多是那天晚上,我开始有跟着付秀莹的想法。我觉得,在某篇文字里,她将我的孤独感写尽了。我想跟着她,将剩余的孤独感索要回来。

这样说近乎无耻,但有时真理常常接近裸露,我顾不得那么多了。在上海滩的风里,我跟着她,拍下她在下午的三种姿势。在乌镇的一条船上,我跟着她,拍下她幼稚的花裙子,或者尖叫声。

写字的人,常常会因为极小的一点交集而相互欢喜上。也有可能因为极小的一些距离,便厌恶上了。

让我常常觉得庆幸的是,不论是说到北京的地铁,还是说到乡村的植物,我和付秀莹总是合拍。那种不必刻意照顾对方的聊天总让我想到友谊,或者更为坦荡的大词。有一阵子,我总是试图将某个夜晚撕破,将一朵月亮撕下来,放到情诗里,或者放到更为亲密的字句里,给她。而她,总是将月亮重新放回到天空,将情诗里的过于甜腻的字词随手删节,并深情地说,她喜欢我的某几句诗。

和付秀莹的亲密缘自我们总混在一起。四个月的时间,我们一直同桌。若是授课的老师稍显得枯燥,那么,我们便会用纸条问答。实行导师制,是鲁院教学的一种好的尝试。将一些知名的作家或者期刊的主编收纳过来,把五十二个学员当作草,瓜分掉。这是一件非常趣味的事情。五十二个学员的名字被写成了纸团,我和付秀莹被《十月》杂志的陈东捷老师抓到了一组。

除了这种组别的划分,还有就是,我们被共同的朋友拉到同一个酒桌,或者被共同的网站拉在同一个论坛里。

酒桌上的事情?呵,或许更值得描绘一下。

一开始,我们均是矜持的,近于节制和虚伪。总之,一开始,我是不喝酒的。我不喜欢白酒直截了当的气味,是的,我喜欢月光,不喜欢锄禾的时候日头当午。相比之下,我更情愿喝些干红,在杯子里晃动几圈之后,闻一下它的味道,会想到月光的味道。

恰好,付秀莹也喜欢红酒,便在某次通电话的时候储存了一个共同的词语。

然而,最后将我们长时间联系在一起的,竟然是黄酒。是的,黄酒的黄,黄酒的酒。

在绍兴,我们喝得醉了,一路到杭州,还念念不忘。

终于没有忍住,我们五个人,跑到了西湖边上,对着一湖水,喝着黄酒,念起了可以穿越时间的诗句。五个人,分别是宁肯、修白、王必昆、付秀莹和我。我们被西湖的水打动,觉得应该赞美一下她。

五个人中,我们四个是先到了西湖边的,付秀莹后到,她仿佛怀揣着一个美好的秘密,没有能忍住,和我们分享了。那便是喝酒的理由。在西湖边上,我们哈哈大笑,将黄酒杯子碰响了,将藏在内心的时光分别化作小雨和诗句,扔到了西湖里。

那天,我们五个人口占了三首诗,组在一起,起了一个热情而幼稚的名字,叫作《西湖三叠》。于是,后来,我们便以"西湖三叠"的名义,多次聚餐,而每一次,我们又必喝黄酒。

她的醉酒,也和黄酒有关。有一天,她突然打电话至我的房间,说是醉了酒。

我十分担心地上楼看她,她大约借着酒意,蓄意温习了自己的伤心事,在房间里哭。我大声地敲门,惹得整个楼道的人都知道,我在晚上敲了她的门。这件事情影响颇大。我后来不得不在自己的博客日记里解释,才算功德圆满。

醉酒后的付秀莹让人担心,每每,我会想到旧院里的她,敏感,自尊、紧绷。被月光的清澈洗过的付秀莹,突然醉倒在一瓶黄酒里,总会让我想到竹林里一只蝉的叫声停了,又或者旧院的墙上挂着的一件东西掉落在地上,整整一个夜晚,没有人知道她的疼痛。

同桌四个月,我隐约地知道了她的一些秘密。那些秘密都是旧院里长出来的。我们活着,就是建筑自己秘密的过程。我相信,每一个丰富的人,都要有自己的秘密。付秀莹用文字将自己的秘密封存好,几乎,她消失在自己的生活里,成为一个旁观生活的写作者。哪怕是在她个人史的讲述里,我仍然能看到她旁观的眼神。她心疼自己的过往了,会停下笔来,深呼吸几次,嚼一下时间缝隙里的尚存的自卑或者孤单,继续在文字里前行。

日常生活里的付秀莹不施朱粉,几乎,她从未香气袭人过。她的美好在于,她从不经营自己的模样,她有单纯的气息让经过她的人喜欢。

喜欢付秀莹的人甚多,有的活在暗夜的腻想里,有的活在她无限忙碌的短信息里,但我也能断定,那些只是从照片里生出来的喜欢,没有办法进入她的磁场里。

这是真的,她是一个有磁场的人,只是她的磁场并不向外开放,她内敛、传统、低温。差不多,她打开自己的时候便是写字的时候。

流水它带走光阴的故事,而付秀莹却带来流水的声音。我喜欢付秀莹的文字,差不多,阅读她的文字,就阅读了她的声音。我在电话里问她,在做什么呢?她会懒洋洋地答,在思考人生。我又说,我们讨论一下人生吧!她便哈哈地笑。

　　这是真的,你如果想打电话给付秀莹,那么,一定要说,我们讨论一下人生吧。如果她不理会你,那么,你就说,我是赵瑜。